DIE MICHAELS OFFENBARUNG

Teil 1

DER AUFTRAG

AF192072

Vom Autor

„Der Auftrag" ist meine Antwort auf das Alles, das sich in unserer Welt heute tut. Die fehlende Antwort, viele Fragezeichen und das Schweigen, auch von der Kirchenseite. Alles das führte mich zur vielen Gedanken und Überlegungen. Und so entstand „Der Auftrag." Sein Inhalt – die Geschichte von unserer Welt offenbart durch den Erzengel Michael. Mein Roman bleibt offen, dass ich in Teil 2 – „Der Krieg und das Ende" meine Weltgeschichte zu Ende bringen kann. Die Wahrheit oder die Fiktion, die Wahrheit in der Fiktion, vielleicht die Fiktion und die Wahrheit? Wie denkt Ihr?

Herstellung und Verlag:
Books on Demand GmbH, Norderstedt
ISBN: 978-3-8370-9229-5

Andi war müde und hatte gar keine Lust.
Nach vielen Stunden schwerer Arbeit
wollte er schon gar nichts mehr. Er fuhr
langsam beim Haus vorbei, parkte ein
und stieg vom Auto aus. Es war dunkel
und alle schliefen längst schon. Er
machte die Haustüre auf. Sofort spürte er
was und wurde unruhig. Er wusste nicht,
um was es geht, es wurde ihm aber
unheimlich.

„Es gibt doch nichts", dachte er. Zog
Jacke und Schuhe aus, ging in die Küche
und stellte Wasser für einen Tee. Er war
hungrig, aber die Übermüdung drückte
den Hunger in ihm. Andi setzte sich hin
und wartete bis der Tee abkühlen wird.
Plötzlich hörte er irgendwelche
Geräusche im Wohnzimmer. „Was ist
das?" Andi wurde auf einmal hellwach.
Er stand auf und ging zügig zum
Wohnzimmer. Machte die Türe zum
Wohnzimmer auf und … sah jemand der
im Sessel saß. „Einbruch!", dachte er
schon und wollte schnell abhauen um
Alarm zu machen, aber plötzlich hörte
er: „Halt!" Nein hörte eigentlich nicht,
dass das „Halt" war plötzlich in seinem
Kopf ohne das der Fremde was sagte.
Die Gedanken in Andis Kopf wurden

gestoppt und er wusste nicht weiter. „Hab keine Angst ich bin kein Einbrecher", die seltsame Stimme des Fremden wollte ihn beruhigen. „Ich will dir nichts Schlimmes antun". Andi drehte sich langsam zurück. Weiterhin band die Angst in ihm die Fähigkeit zum zurückkehren. Der erste Schock war aber vorbei und jetzt musste er etwas tun. Andis Gehirn analysierte, dass was passiert ist. „Ich muss Mut zeigen", dachte er. „Er ist ja doch auch allein, vielleicht allein. Aber wie kam er rein ins Haus?" Die Lage war jetzt unerträglich. Andi kam in die Nähe und beobachtete den Fremden. Er sah wie ein kleiner Mann aus, ziemlich schlampig angezogen und irgendwie komisch. „Sicher weißt du nicht wer ich bin und wie es passiert ist, dass ich mitten in der Nacht hier sitze?" „Gute Frage", dachte Andi. „Was will er mir für ein Märchen erzählen?" „Also es muss sein, dass du hörst und verstehst etwas, was du noch nichts weißt. Das du den anderen die Wahrheit über die Welt sagst. Über deine Welt und meiner Welt. Ich weiß, dass du schreiben kannst. Später schreibst du alles auf, was ich dir erzählte. Es geht darum, dass alle Leute, die Armen und die Reichen, kleine und große, die Wahrheit über die Welt erfahren. Die Wahrheit über die Menschen, über das, woher ihr kommt und warum ihr hier seid. Über die Erlösung, den Schöpfer und über den Kampf. Einen furchtbaren Kampf, welcher wird mit euch bis zum Schluss sein. Aber jetzt setz dich hin, weil ich dir alles ab Anfang erzählen muss. Dann begreifst du alles viel besser. Setz dich hin, bitte", hörte Andi noch einmal. Ahnungslos und weiterhin ziemlich erschöpft kam er ganz nahe und setzte sich hin. Der Fremde streckte seinen Kopf nach oben und Andis Augen blickten sein Gesicht. Mit purem Entsetzen, weil der Fremde keine Augen hatte. „Man braucht keine Augen um zu sehen. Sicher begreifst du es nicht, aber es ist so. Ich bemühe mich dir alles so zu erzählen, dass es für dich einfach ist und du brachst mich nicht ständig nachzufragen. Mein Herr will, dass die Wahrheit enthüllt wird. Es ist schon Zeit, ich weiß, dass du es auch spürst. Deine ständige Fragen und das Suchen, alles was in dir lebt. Mach jetzt die Augen zu, bitte. Mach zu und du wirst alles sehen. Ab Anfang an. Frag mich nicht wie!" Andi spürte schon gar nichts mehr. Plötzlich malte der Fremde einen Kreis in der Luft. Die Sonne und die Dunkelheit wurde eins. Ein Licht kam in Andis Augen. „Schon", sagte Andi und schlief ein. Wie durch eine Wand hörte noch, was der Fremde sagte: „Am Anfang…"

XXX

Michael ging gerade durch die Palasttüre. Er war sehr besorgt. Es war immer schlimmer und man konnte dagegen nichts tun. „Wie soll ich Ihm es sagen?", fragte er sich selbst im Gedanken. „Wie soll ich zugeben, dass ich, der größte Krieger machtlos bin?" Er ging langsam und mit Unlust. Dachte immer noch über den Treff mit Ihm. Gerade im Fenster blickte Sonne, ganz blass und schwach. „So blass", dachte er. Die Sonne Wega, Galaxis des größten Schöpfers. In der Vergangenheit war der Palast wie ein Felsen, heute tauchte in der Dunkelheit. Die Dunkelheit war das schreckliche Zeichen von dem größten Feind – dem Abgrund. Die Dunkelheit gebar die Angst. Angst und Tod. Schon

immer mehr Engel, den Kämpfer des
Schöpfers wurden getötet. Die
Dunkelheit wurde immer furchtbarer. Er
ging in den Palastsaal rein. Der Schöpfer
saß bewegungslos auf dem Thron. Man
könnte denken, dass er schläft, aber es
war nicht wahr. Er schlief doch nie. Auf
Ihm konzentrierte sich alles was es gibt.
Michael wusste, dass er doch nicht
schläft. Der Schöpfer könnte das alles
zerstören. Er hatte die Macht. „Aber wo
gehen wir dann?", Michael war traurig.
„Ich weiß, weiß über alles", Michael.
„Heute am Abend müssen wir unsere
Wachen verstärken. Wir können nichts
versäumen, weil wir noch Zeit
brauchen". Michael wartete mit
steinigem Gesicht auf die Befehle.
„Ja Herr, aber …" „Aber? Ja, Ich weiß
um was du fragen willst. Michael, die
Welt, der Palast, alles hier wird zerstört.
Es ist ein Schock für dich, aber hab
keine Angst. Es ist nicht das Ende, es
wird der neue Anfang. Wir müssen uns
auf eine weite Reise vorbereiten. Im
fernen Al ab Anfang bauen. Ich habe
schon einen Entwurf gemacht. Wir
verreisen auf einem großen Raumschiff.
In der neuen Welt bauen wir was

tausendmal Größeres als hier. Und wenn die Zeit kommt und wir zur Reise fertig sind, dann zerstöre ich unseren Feind. Leider mit ihm stirbt auch das Alles, was du hier siehst und kennst. Es wird unserer Triumph über den Abgrund und der Beginn unserer Odyssee." Die Augen des Schöpfers glänzten. „Jetzt Michael vorbereite bitte den Führungstreff. Wir müssen jetzt hart und schnell arbeiten. Die Zeit ist sehr knapp." „Ja, Herr", Michael drehte sich um und ging raus. Er spürte neue Kraft in sich. Gleichzeitig wurde er aber traurig. „Also wir müssen doch die Welt verlassen, aber ich werde sie jedoch nicht vergessen. Die Wega, unsere Heimat, Planet der Sonne und Planet des Todes! Bitte informiere Gabriel, Raffael und Satan, dass wir uns um zwölf Uhr zum Kriegsrat bei dem Schöpfer treffen. Es ist eilig, wach mich um elf Uhr auf", sagte er zu dem diensthaltendem Engel. „Ich muss jetzt ein bisschen ausruhen", sagte er zu sich allein und schlief sofort ein.

XXX

Michael endete sein Bericht und saß sich hin. Langsam schaute er in die Gesichter der Anderen. Zuerst der Satan, der größte Intellekt, manchmal so durchdringend, dass der Michael Gänsehaut bekam. Neben ihm der Raffael – der Palastführer und Gabriel der treue Glaubenswächter. Der Schöpfer drehte sich zu ihnen um. „Ich weiß, dass der Bericht erschüttend ist, aber sogar ich kann es nicht stoppen. Wir brauchen Zeit, dass wir uns unser Projekt realisieren können. Michael wie schätzt du, wie viel Zeit können wir noch durchhalten?", fragte Er. „Herr, wir müssen uns sehr beeilen. Immer mehr von unseren Engel finden wir tot." „Raffael, Gabriel alles was wir in der neuen Welt brauchen müssen wir mitnehmen. Denk bitte an das. Satan, du bleibst mit mir, wir müssen schnell alles über den Raumschiff besprechen. Dein Intellekt ist jetzt dringend gebraucht. Es ist alles für heute. Jetzt zum Werk meine treue Kämpfer." Sie gingen raus. Der Schöpfer blieb mit Satan allein. Und noch in der Nacht, als Michael auf dem Wachturm stand, sah er Licht im Saal, wo die beiden arbeiteten.

XXX

Es war schon alles fertig. Alle schafften fast pausenlos. Alles was man in der neuen Welt brauchen könnte war schon am Bord. Die „Arche" war ihr stolz. Die Größe war imposant, gleichzeitig aber so mickrig im Vergleich zum Palast. „So wenig sind geblieben", seufzte Michael. Heute in der Nacht verschlang der Abgrund einen ganzen Palastturm. Zwanzig Engel fanden seinen Tod. Es war so unerwartet und plötzlich. „Es wird schon nicht lange dauern", dachte der Michael. Jemand riss ihm an die Hand. „Michael schnell! Du sollst sofort zum Schöpfer kommen"! Er lief die Treppen hoch, auf die Palastterrasse. Der Schöpfer wartete schon auf ihn. Mit ihm war schon die ganze Führung. „Wir haben zwei Stunden zum Abend. Heute sahen wir die Sonne zum letzten Mal. Wenn wir hier bleiben sind wir in der Nacht schutzlos ausgeliefert. Es ist das Ende. Der schwarze Abgrund schluckt dann alles. Wir gehen jetzt alle an Bord. In zwei Stunden starten wir. Michael du hast jetzt das Kommando." „Alarm!", der Michael reagierte jetzt blitzschnell. „An alle Engel! Stehlt euch sofort am Bord auf, alle zum Kampf bereit!" Jetzt

war er der Führer der „Arche". Sie
starteten pünktlich um sechs Uhr Abend.
Die „Arche" war schon unterwegs, als
der Schöpfer sein Antlitz in Wegas
Richtung drehte. Er sprach leise nur ein
einziges Wort aus. Auf einmal
verschwand alles was sie lebten. Der
ganze Planet. Die Alarmklingeln hupten
alle auf einmal. Da kam die Gewaltiger
Schlagwelle nach der Explosion.
Michael hielt sich instinktiv an dem
Steuerungspunkt, als auf einmal sich
alles in seinen Augen drehte. Die
„Arche" strömte mit wahnsinniger
Geschwindigkeit durch den Al. Die Zeit
verlor für sie die Bedeutung und nur eine
Hand, Seine Hand hielt sie am Leben.

XXX

„Wie lange dauerte es, ein Jahr, hundert
Jahre, Ewigkeit?", Michael wusste es
nicht. Seine Gedanken liefen im Kopf
ohne Körperreaktion. „Vielleicht bin ich
gestorben?", dachte er. „Was ist mit den
Anderen passiert, mit der „Arche"?", er
hatte Angst die Augen aufzumachen.
Und wieder wurde es dunkel, Träume
ohne zu träumen und Leben ohne das
Sein. Sie waren in Zeit und Raum
aufgehängt. „Wie lange noch? Existieren

wir noch?", die Frage traf nur auf die Stille. Nur die Lämpchen am Pult bedeuteten, dass die „Arche" immer noch die Galaktiken durchkreuzt. Die Zeit stand aber still. Man brauchte noch viele solche Momente bis sie sich dem Ziel näherten. Plötzlich spürte der Michael ein schütteln und hörte ein großen Knall und sah die Dunkelheit noch mal. „Wir landeten", begriff er und wurde ohnmächtig.

XXX

Immer noch konnte der Michael sich nicht gewöhnen. „Was soll es sein? So ein armer Planet, Einöde und Dunkelheit. So ein Nichts! Das soll die neue Welt sein?" „Michael!", hörte er und drehte sich um. Er sah den Schöpfer. „Michael, es ist noch nicht die Welt die wird, sogar nicht die, welche kennst du von Wega. Ich verspreche dir aber, sie wird tausendmal schöner und wunderbarer sein. Glaub mir mein tapferer Kämpfer", der Schöpfer umarmte Michael. „Glaub mir es wird sein, ich will es!" „Ich glaube dir Herr, aber das was ich sehe ist nicht mein Traum". „Mach also für einen Moment deine Augen zu, ich zeige dir die nächste

Zukunft. Die wunderbare Welt, sie wird hier. Ich nenne es Paradies. Der Planet wird ein riesiger Garten. Stopp! Jetzt aber an die Arbeit. Ich muss jetzt mich noch ein bisschen ausruhen. Nach solange Reise ist es doch verständlich. Gib mir ein bisschen Zeit Michael. Alles was hier passiert wird kein Zufall. Ich muss noch viele Dinge überlegen. Möchte das diese Welt, meine Welt vollkommen wird. Ruf zu mir bitte den Satan. Ich brauche ihn, er wird mir viel raten können. Seine Begabung und wissen, manchmal denke Ich, dass er mich sogar besiegen könnte." Er lachte und ging zur „Arche". Michael hatte noch immer die wunderbaren Bilder in den Augen. „Herr, wenn so unsere neue Welt wird, da"… Plötzlich rief man ihn zum Bau der neuen Station. Er konnte nicht weiter träumen. Ging schnell zum Dienst. Seine Augen aber leuchteten und sein Herz auch.

XXX

Der Rat dauerte schon sehr lange. Alle wichtigen Sachen wurden Punkt für Punkt besprochen. Der Schöpfer redete über seine Pläne. „Es ist groß", dachte Michael. „So wunderbar!" Die

Bewunderung war bei ihm riesig, aber…
„Das Alles nur so gelingt. Zweifel?
Woher sind bei mir Zweifel?" Er schaute
sich um. Zuerst Raffael, der machte
schon Pläne. Er wird schon alles gut
organisieren. Dann Gabriel, der war ganz
begeistert. „Es wird seine Zeit, er wird
zum Spiegel des Schöpfers. Jetzt kommt
eine neue Zeit", freute sich Michael.
Guckte noch auf den Satan, aber der saß
an der Seite und hörte gar nicht zu. Seine
Augen glänzten auch. Auf einmal spürte
er, dass der Michael beobachtete ihn. Er
drehte sein Gesicht um. Seine Augen
trafen sich mit Michaels Blick. Sie
waren wie scharfe Klingen. Es dauerte
nur einen Moment. „Vielleicht ist er
krank oder müde, ich habe mich
getäuscht", dachte Michael. Der Satan
war ein einsamer Typ. Immer ein
bisschen unzugänglich. Nur sein Kopf,
die Ideen, die Lösungen. „Er ist
schneller als mein Schwert", Michael
ließ die Sache unerklärt. Es ging alles
weiter. Jetzt zum Schluss hatte der
Schöpfer die größte Überraschung. Es
ging um seinen wichtigsten Plan.

XXX

Es war eine riesige Mühe und viel Kraft.
In ihren Augen entstand die neue Welt.
Der ganze schweigsame Planet, voll
Dunkelheit und Leere, änderte sich. Der
Schöpfer guckte auf sein Werk. Sein
Herz war voll Freude. Alles was hier
passierte, alles was er schöpfte, war gut.
Rein und einzigartig. Zum ersten Mal.
Michael guckte mit glänzenden Augen.
Es entstand Himmel und Erde, die Sonne
brachte Licht und Wärme, der Mond
schien in der Nacht. Sogar Sterne am
Himmel, die ganz weit weg waren, alles
war so schön. „Herr, wie groß ist dein
Wort, dass konnte das Alles tun? Tag für
Tag und immer mehr". Er konnte es
kaum glauben. Die Anderen waren auch
wie verzaubert. Der Schöpfer war müde,
sein Antlitz zeigte wie schwer es für Ihn
war. Aber seine Augen waren so lebhaft,
wie die Pflanzen im Garten. Jetzt war
schon alles fertig. Nur noch ein Schritt.
Er wollte noch eins. Ein Lebewesen
erschaffen, Ihm selbst gleich. „Er wird
Mensch heißen", sagte Er. Und alles was
auf dem Planet entstand ist für den
Mensch bestimmt. Die Menschen
werden sich vermehren und so entsteht
die größte Macht im Weltall. Der

Schöpfer mit der Engelsarmee und der Mensch. Der Mensch bekommt von ihm ein einzigartiges Geschenk – den Geist. Er macht den Mensch vollkommen und unsterblich. Die Idee war groß und gleichzeitig simpel. Die Menschen erobern die Welt. Ganze Welt. Mit Ihm und für Ihn. Es sollte was ohne Gleichnis passieren. Es war nicht Wega, Sonnenpalast, aber die Welt des Schöpfers. Ohne Dunkelheit und ohne Zweifel. Es reicht ein Wort, ein kleine Bewegung und es fängt an. Der Schöpfer drehte sich um, Michael hat noch das Lachen auf Seinem Gesicht gesehen. Plötzlich sagte er die Wörter: „Ja, ich will!"

XXX

Michael beobachtete die Menschen mit dem Schöpfer. Auch die Anderen guckten sich die Menschen an. Adam und Eva, solche Namen gab denen der Herr. So sollten sie Ihn nennen, wenn Er im Garten erschien. Sie waren jung und schön, hatten so viel Kraft und Freude. Sie haben dem Herrn vertraut. Sie hatten geliebt. Der Herr lehrte sie alles ab Anfang. Zeigte wie und was sollen sie tun. Half, wenn sie was nicht konnten.

Im Gegenzug bekam von den Menschen Acht und Zuneigung. Es war kein Dienst. Sie wollten immer mit Ihm sein. Sie waren wie Kinder und Er wie der Vater. Der Schöpfer war begeistert. Niemand konnte ahnen über das, was schon bald passieren wird.

XXX

Michael ging durch die breiten Tunnels. Hier tief unter der Erde, im Felsen befand sich die Festung. Aus Sicherheitsgrund war hier alles sehr fest gemacht. „Eine wahre Festung", dachte Michael. Zwar haben wir hier keine Feinde, aber wir können nichts versäumen. Schon bald hier auf dem Felsen wird der Palast stehen. Ganz neu und gleichzeitig kleiner als der auf der Wega. Der Schöpfer wollte nicht, dass der Palast und seine Nähe zum Garten die Menschen abschrecken. Gerade gestern entschied der Schöpfer, dass der Mensch einen freien Willen bekommen soll. Es war riskant, weil der Mensch noch nicht reif war, aber es konnte die Entwicklung des Menschen rasch beschleunigen. Michael konnte noch die Szene sehen, als der Schöpfer in Adam und Eva den Geist befreite. Im freien

Mensch existierte ein freier Geist. Er konnte jetzt selbst entscheiden. Konnte das oder jenes tun. In dem Mensch war nichts böses, also konnte auch nichts Unerwartetes passieren. Jetzt wollte der Schöpfer den Menschen alles zeigen und sie anlernen. Er wollte im Mensch alle Fähigkeiten erwachen. „Ja, der Mensch wird einiges Tages vollkommen", Michael war es sicher. Nur zum einen Teil vom Garten durfte der Mensch nicht rein. Es war eine kleine Ecke, wo befanden sich Pflanzen aus Wega, mit unter Bäume, welche Früchte erlaubten den Engeln sofort entscheiden zwischen gut und böse. Die Engel aßen diese Früchte um ihre Kampffähigkeiten zu stärken. „Adam, geh bitte nicht dort hin und esse nicht die Früchte, weil sie für dich nicht gut sind. Sie sind nur für meine Engel bestimmt." „Ja Herr, ich verstehe und ich werde es nicht tun. Und jetzt möchte ich weiter unser Haus bauen." „Ich halte dich nicht an, geh Adam!" Michael öffnete gerade die nächste Tür, als er plötzlich einen riesigen Schlag bekam. Alles drehte sich in seinen Augen und als er auf den Boden fiel, sah er nur den lachenden

Satan. „Willkommen Michael", hörte
und auf einmal gab es nur noch
Dunkelheit.

XXX

„Willkommen", hörte er noch mal.
Herum war es dunkel. Ein unruhiger
Nervenkitzel durchdrängte seinen
Körper. Er war gefesselt und konnte sich
nicht bewegen. „Michael, willkommen
in meinem Reich. Schon bald wird es
das alle Größte und unbesiegbar". Erst
als der Satan sich näherte, konnte der
Michael ihn sehen. „Welch für eine
Veränderung! Was ist mit ihm passiert?"
Der Satan drehte sich langsam um.
„Sicher wunderst du dich? Also ich
besitze jetzt auch die volle Macht, nur
das andere Teil. Wie du schon weißt
interessierte mich immer schon die
Wissenschaft. Ich habe aus Wega etwas
mitgenommen. Bei meinen
Experimenten konnte ich ein winzig
kleines Teilchen vom Abgrund gefangen
halten. Jetzt hier auf der Erde habe ich
meine Experimente fortgeführt. Ich habe
den Abgrund umgewandelt und konnte
die Macht rausholen. Gleichzeitig wurde
ich auch ein bisschen verändert, aber es
lohnte sich. Ich weiß, mein Äußeres…,

aber es ist nicht mehr wichtig. Jetzt werde ich der Erste, der Mächtigste, ich und nicht Er! Mit Menschenhilfe, die Unbesiegbar werden, werde ich über alles und alle herrschen!" Michael ruckte fest, aber die Fesseln hielten ihn gefangen. „Ich bring dich um Satan!", schrie er laut. Der Satan aber lächelte verächtlich. „Zu spät", hörte Michael seine Stimme. „Der Mensch ist schon in meiner Hand. Wenn du willst zeige ich dir wie es geschah. Sei still du Narr und schau…"

XXX

Eva spazierte gerade im Garten und wollte Früchte für sich und Adam sammeln. Alles war hier so schön. Sie liebte Adam und war so glücklich. Als sie gerade vom Baum eine Frucht abriss, sah sie plötzlich den Satan. Sie kannte ihn gut. Er war einer der wichtigsten Engel des Herrn. Viele Sachen zeigte er dem Adam oder ihr als der Herr ihn um Rat bat. Er war ein ausgezeichneter Lehrer und konnte viele Sachen ganz leicht erklären. „Hallo Eva", hörte zu Begrüßung. „Wie ich sehe, du füllst dich hier gut". „Ja sehr gut", Eva war so fröhlich. „Ich erwarte ein Kind", sie war so glücklich. „Schon bald werden wir Söhne und Töchter haben. Es wird so schön", die Eva strahlte. „Satan willst du mit etwas sagen?", fragte sie. „Ja Eva, jetzt ist so wichtig. Du brauchst viel mehr Kraft. Ich kenne Früchte welche dir in deinen Aufgaben helfen. Du wirst auch viel mehr wissen. Jetzt als du Mutter wirst ist es sehr wichtig. Auch für deine Kinder." „Aber Satan ich weiß nicht. Adam sagte mir, dass ich die Früchte nicht essen darf." „Ich weiß, der Herr will eigentlich euch erst später die Früchte geben, aber überlegt du bist jetzt schwanger. Komm jetzt mit mir und überzeuge dich selbst. Ich verspreche dir, dass dir nichts passiert. Du vertraust mir doch oder?" Die Eva ging mit ihm. Sie kamen zu dem kleinen Teil, wo sie noch nicht war. Langsam mit zögern riss sie eine Frucht ab. Sie war dem Apfel ähnlich, aber der Geschmack war anders. Sie aß und füllte sich plötzlich viel besser. Sie schaute auf den Satan und auf sich selbst. Auf einmal entdeckte sie, dass sie nackt ist. Mit beiden Händen verdeckte sie ihre Reize. Irgendwas störte sie als sie der Satan auf sie schaute, aber gleichzeitig füllte sie sich

mehr Wert. Sie war eine Frau, schöne
Frau. Ihre Haut war glatt, ihre Brüste
rund und ihre Beine lang. Sie endeten im
Bereich, wo Adam und sie hatten Wonne
wenn sie sich liebten. „Schäme dich
nicht Eva, du bist schön, du bist Adams
Frau. Nimm für ihn auch mit und du
wirst sehen, wie gut sie auf ihn wirkt.
Der Adam wird stark, er wird dich
begehren, er tut für dich alles. Die Liebe
zu dir gibt ihm mehr Kraft. Nimm auch
mehr für dich mit". Die Eva war froh,
wenn der Satan weg ging. Sie fühlte sich
so gut, aber die Nacktheit störte sie jetzt.
„Es ist seltsam, aber vorher wusste ich es
nicht, dass ich nackt bin". Sie nahm ein
paar Blätter und machte sich aus denen
ein Ländentuch. Sie nahm die Früchte
mit und ging heim. Adam endete gerade
den Hausdach, als er sie sah. Er ging
runter und lief ihr entgegen. Mit staunen
guckte er auf ihre „Kleidung." „Adam,
ich hab was für dich. Eine wunderbare
Frucht, probiere bitte." Adam küsste sie
und nahm die Frucht. Er aß mit großem
Appetit. Er konnte nicht ahnen, dass es
das Ende vom Paradies ist.

XXX

„Also Michael komm zu uns. Ich brauche so einen Krieger wie du. Zusammen werden wir unbesiegbar." „Niemals", schreite Michael. „Ich verrate den Herrn niemals für dein kleines Spielchen. Du bist niemand und krank. Der Herr zerstört dich wie ein Wurm. Es ist dein Ende!" „Du täuscht dich und wie. Das letzte Mal frage ich dich, wenn nicht dann stirbst du und auch wenn nicht, da wer bist du?", lachte der Satan. „Niemals", sagte leise der Michael. „Herr ich bleib mit dir." „Also es ist deine Entscheidung", der Satan näherte sich dem Michael und öffnete ein kleines Kästchen. Michael konnte nur noch einen kurzen Blitz vom schwarzen Licht sehen. Dann sah er nichts mehr. Der Satan ging weg und befiel seinen Dienern ihn von der Festung rauszuwerfen. Er wurde brutal rausgeschuppst und fiel auf den Boden. Er konnte nichts sehen. Ein instinktiver Gedanke an den Herrn hielt ihn am Leben. Er suchte die „Arche". Wie ein blindes ratloses Opfer. Er fiel viel Mal um, aber immer stand er wieder auf. „Ich muss den Herrn warnen", das Gedanke und nur das war in seinem Kopf.

„Michael!", hörte er plötzlich eine Stimme. Jemand hielt ihn fest und zog rein. Er stand mit großer Mühe auf und war fast Ohnmächtig geworden. „Der Satan hat uns verraten. Alarm"! Weiter wusste er nichts.

XXX

Langsam wurde er wieder wach. Er konnte sich nicht viel erinnern. Nur das schwarze Licht. „Ich glaube meine Augen sind weg." Langsam und mit großer Mühe zog er seine Hand nach oben. Er lag sie am Gesicht. Dort wo seine Augen waren konnte er aber jetzt nichts spüren. „Es ist mein Ende, ein behinderter, blinder Krieger. Warum sieht mein Ende so aus?" Jemand ging ins Zimmer rein und näherte sich ihm. Michael konnte nichts sehen, aber er spürte wer es war. „Michael", hörte er die Stimme des Schöpfers. „Was hat er dir getan, wie konnte er so was tun"? Michael spürte seine Hände auf dem Gesicht. „Michael, mach die Augen auf, guck auf mich!" Immer noch konnte er nicht glauben, aber ohne nachzudenken tat er es. Er konnte wieder sehen. Zwar statt Augen hatte er jetzt nur zwei schwarze Löcher, aber er hat gesehen.

„Herr, der Satan hat dich verraten, er besitzt die schwarze Macht des Abgrunds. In unserer Festung herrscht jetzt die Dunkelheit. Was tun wir jetzt? Was wird weiter mit den Menschen? Was weiter mit uns? Die „Arche" ist in Sicherheit, aber die Lage ist schwer."
„Ich weiß der Satan hat die Menschen mit den Früchten der Erkenntnis vergiftet. Der Mensch sollte sie nicht essen. Jetzt wurde sein Geist vergiftet. Jetzt ist allein in Menschenhand die Entscheidung. Sie sind aber noch so schwach. Ich fürchte, sie werden zum Bösen kehren." Gerade öffneten sich die Türen und Michael sah den Raffael und Gabriel. „Herr, die „Arche" kann nicht starten. Im Antrieb fehlen die Steuerungskasten. Wahrscheinlich wurden sie von Satan geklaut. Wir sind auf dem Planet gefangen", Raffaels Stimme war sehr besorgt. „Was tun wir jetzt?" „Es gibt nur eine einzige Möglichkeit – das Ende." Der Herr guckte auf sie traurig. „Ich mache jetzt Schluss. Wir werden leider auch sterben. Alle." Michael fürchtete nicht den Tod, aber so sollte es doch nicht sein. „Herr, nein. Wir müssen mit dem Satan

handeln. Er weiß jetzt, dass du alles vernichten kannst. Er muss auch Angst bekommen. Wir müssen auf seine Angst spielen um das Meiste rauszuholen. Herr probieren wir, bitte"! Der Schöpfer war mit dem Rücken zu seinen Engeln umgedreht. Die Tränen liefen aus seinen Augen. Es lief alles so gut und auf einmal so ein Verrat. Jetzt muss sich der Mensch alles allein erkämpfen. Kraftlos und an das Böse ausgeliefert. „Was soll ich tun? Vielleicht doch am Besten ein schneller Schluss. Mit einer Hand alles auslöschen, gut und böse. Die ganze Welt. Und selbst auch nicht weiter leiden. Gabriel du bist ab sofort mein Stellvertreter. Der Michael ist im Moment noch zu schwach und muss sich ausruhen. Schick eine Nachricht zur Festung: Wir erwarten ein Gespräch. Morgen um Mittagszeit. Wenn nicht, dann ist es das Ende!"

XXX

Der Adam war traurig. Seit Eva ihm die Frucht gab änderte sich was. Er war zwar intelligenter, gleichzeitig aber wurde er misstrauisch. Und dann noch der Treff mit dem Herrn. Immer war es so toll und jetzt… Der Herr suchte ihn, aber er versteckte und schämte sich. Wollte nicht rauskommen und nackt vor ihn stehen. Wusste nicht, warum sich das tut und erst die Rufe des suchenden Herrn erwachten ihm in einen Verdacht. Er stand vor dem Herrn und hat sich fieberhaft entschuldigt. Der schaute nur auf ihn und schon wusste er alles. „Adam hast du die Früchte von diesem Baum gegessen? Sie waren doch nicht für dich. Sag nichts mehr, ich sehe du hast es getan." „Herr", Adam wollte noch etwas gut machen. „Die Eva hat mir die Früchte gegeben und ihr der Satan." „Also ist jetzt der Satan dein Herr? Die Früchte haben in euch den Geist vergiftet. Ihr habt die Unsterblichkeit und Leben im Paradies verloren. Ihr könnt hier nicht länger bleiben und so wieso hältst du hier nicht mehr länger aus. Ich wollte euch vollkommen haben, ihr konntet auch so werden und jetzt… Du hast mich verraten, Adam!" Plötzlich kam zu dem Herrn einer von seinen Engeln. Der Herr ging mit ihm und hat den Adam allein gelassen. Er war traurig, es geschah was Furchtbares und er wurde das Opfer. Eva kam zu ihm, er schupste sie mit Wut weg. Er ging weg und wollte allein sein. In seinem Herz blütete die Verzweiflung. Sein Verstand suchte nach einer Lösung. „Also wenn der Herr uns weiter helfen will, da vielleicht hilft uns der Satan? Er ging wahrscheinlich auch von ihm weg. Es ist aber nichts Schlimmes passiert! Vielleicht ist der Herr nicht allmächtig?" Viele Fragen suchten in seinem Kopf eine Antwort. Er ging heim und erzählte der Eva über das Alles was geschehen ist.

XXX

Sie kamen pünktlich. Drei schwarze Männer, schwarz gekleidet. Ihre schwarzen Gesichter waren passend zu dem Rest. Gegenüber stand der Schöpfer mit Gabriel, Raffael und Michael. „Pass auf Michael, sie wissen nicht, dass du sehen kannst. Sollte es eine von denen was Verdächtiges tun, dann töte ihn sofort", sagte leise der Schöpfer. Der Schöpfer war unruhig. „Also Satan was willst du von mir, wenn du zu mir als Verräter kommst?" Eine von den Drei machte seine Kopfbedeckung weg. Sie konnten ein beispiellos verändertes Gesicht sehen. „Wir teilen die Macht gleich. In meinen Händen ist das

Geheimnis des Abgrunds, der Mensch mit vergiftetem Geist ist für dich nutzlos. Die „Arche" ist gefangen. Nur deine Macht und das du das Alles vernichten könntest treibt mich zu Verhandlungen mit dir Herr". „Sag nicht mehr Herr zu mir Satan. Ich habe dir so vertraut und aus dir wurde ein Verräter!" Der Schöpfer schüttelte seinen Kopf. „Wir müssen alles besprechen", der Satan wollte nicht diskutieren. „Der Mensch ist eine kostbare Sache. Er bedeutet mir und dir sehr viel. Wie er sein wird, überlassen wir ihm selbst. Jeder kann uns kann Vorteile ziehen. Irgendwann fällt die Entscheidung. Wer gewinnt? Ungewiss! Ich schlage einen Pakt vor. Wir geben euch die Teile von der „Arche" zurück. Ihr startet und schützt euch mit einem Kraftfeld. So werdet ihr in Sicherheit. Wir nehmen die Bäume vom Paradies in die Festung mit und sofort tun wir das Gleiche. Der Mensch ist so reif, dass er nicht nur überlebt, aber auch weiter sich entwickelt. Nach Menschentod wird jeder von denen entweder zu mir, wenn er böse ist, oder zu dir wenn er gut ist gehen. Jeder Mensch geht dann durch ein Tor der

Entscheidung. Der Mensch in seinem Leben entscheidet allein. Irgendwann stehen wir und dann gegenüber und dann fällt die wahre Entscheidung. Wer gewinnt – mal schauen. Und noch was, es ist meinerseits großzügig. Ich überlasse dir freien Kontakt zu den Menschen und gehe in den Schattenhimmel. Ich mische mich nicht ein. Du mit deiner großen Macht kannst doch die Menschen leicht überzeugen!" Der Satan drehte sich und gab den anderen ein Handzeichen. Die stellten zwei Kasten mit Steuerungselementen hin und entfernten sich. Der Satan hob seinen Kopf nach oben und schaute Auge in Auge auf den Schöpfer. Er wusste, dass der noch etwas ändern möchte. Um das zu verhindern fing er als erstes an: „Dein schweigen Herr ist für mich wie deine Zusage, also ich gehe jetzt weg. Wir treffen uns noch mal". Er drehte sich um, plötzlich zeigte er ein Zeichen mit seiner Hand und verschwand in schwarzem Nebel. Sie schauten was sich tat und glaubten seinen Augen nicht. Michael näherte sich dem Schöpfer. „Herr, was tun wir jetzt?" Er füllte sich so ratlos. Der

Schöpfer schaute auf ihn. Michael sah in
seinen Augen neue Kraft. „Wir kämpfen
Michael, kämpfen um die Menschen und
um die Welt – meine Welt! Es wird aber
nicht leicht. Der Satan ist sehr schlau, er
weiß, dass er überlegt ist", hörte
Michael. Der Schöpfer gab ein Zeichen
und sie gingen sofort zur „Arche". Noch
an diesem Abend startete die „Arche"
und sie schalteten das Kraftfeld ein. Sie
wurden jetzt für die Menschen
unsichtbar.

XXX

Der Andi saß ohne sich zu bewegen. Er
wusste nicht, was er sagen soll, ob er
was sagen soll, wusste eigentlich gar
nichts mehr. Er spürte Leid und Wut.
Schaute auf den Michael hin. So viel
Schmerz und Ratlosigkeit. „Warum
kommst du zu mir, welchen Sinn hat
das? Du weißt, dass diese Welt nicht
deins ist, dass sie anders geworden ist.
Eine Welt mit kämpfen und töten. Ohne
Blut kann sie nicht leben! Welch ein
Wunder!" Michael schaute auf ihn
sprachlos. „Schaute", es war doch ein
Scherz. Er schaute mit Augen, die er
nicht mehr hatte. „Es macht nichts, es ist
der gleiche Schmerz", hörte Andi. „Ab

Anfang bis jetzt, den Rest kennst du. Immer interessierte es dich. Geschichte, Kriege und große Siege. Der Mensch zur Unsterblichkeit erschaffen, tötet sinnlos, zerstört und baut und zerstört wieder. Nimmt anderen das Leben und kann sich nicht freuen. Diese Welt, deine Welt, meine, unsere. Was soll der Herr für euch tun, was tut er euch? Ihr glaubt an Ihn, wollt unsterblich sein. Die Herren des Universums. Ihr betet um Sieg. Um Tod für eure Brüder. Ihr kämpft gegen das Böse mit gleichem bösen. Und wenn er euch das Böse zu besiegen hilft, dann werdet ihr gleich. Der Satan hatte Recht, er mischt sich nicht rein. Ihr erledigt für ihn die ganze Arbeit. Ihr könnt stolz sein, sehr stolz. Wie viel mal muss man euch das Gleiche wiederholen. Ihr könnt es nicht begreifen!" Die leise Stimme Michaels war für den Andi wie ein Schrei. Er konnte nichts entgegen stellen. „Er hat Recht! Warum?", fragte er sich selbst. „Sogar Er. Der welche der Schöpfer für eure Rettung schickte. Für die Erlösung. Sogar Er. Ihr wolltet ein Krieger und nicht einen Erlöser sehen. Einen Mörder und nicht einen Opfer. Nur der Sieg zählt. Besiegen, nicht erlösen. Der Schöpfer sieht in euch die Zukunft und macht. Er opferte für euch den Messias. Willst du wissen wie es war? Schaue es dir an." Es wurde wieder plötzlich Dunkel und Andi wusste, dass er weiter mit Michael auf die Zeitreise gehen muss.

XXX

Der Schöpfer schaute auf die Anderen. Die Gesichter Michaels, Raffaels und Gabriels. Ernste könnte man sagen traurige. „Ich denke es kam die Zeit. So kann es nicht weiter gehen. Trotz meinem Bündnis, trotz Glauben, tun die Menschen immer das Gleiche. Der Satan erntet einfach alles. Sogar die Gerechten. Die welche das Herz und den Geist für mich abgegeben hatten, sogar die bleiben dort unten in der Festung. Ich will, dass mein Wort wahr wird und dass sie zu mir kommen. Sie sind so wie Ich und Ich wie sie. Es ist ein Bündnis und ich halte mein Wort", sagte der Schöpfer. „Aber Herr, sollen wir jetzt einen Krieg mit Satan anfangen? Sollen wir angreifen? Ich habe schon einen guten Plan!", der Michael war sehr aufgeregt. „Michael, ich weiß das du mutig bist und möchtest die Rechnung mit dem Verräter begleichen. Ich habe einen anderen Plan. Ich möchte den Messias in die Welt schicken. Jemand wer war den Menschen versprochen. Ich möchte die Menschen erlösen und das, was im Paradies geschehen war streichen. Ich schicke Ihn, weil nur ein Mensch den Weg gehen kann. Ab Anfang bis zum Ende. Nur jemand so schwach und zerbrechlich, so leicht zu besiegen kann den Satan täuschen. Ich kenne ihn doch. Er denkt auch, dass der Messias ein großer Krieger wird. Wir aber werden hinterlistig handeln. So werden wir schlauer als der Satan. Er kontrolliert alles, hält seine Hand über alle bedeutsamen Sachen. Sehr gut. Wir besiegen ihn mit eigner Waffe. Er liebt das Böse so sehr und den Abgrund. Das Böse macht ihn Blind, er denkt, dass es unmöglich ist. Meine Versprechung für die Menschen ist für ihn nur ein Märchen. Wir aber…", der Herr drehte sein Gesicht zu ihnen. „Gabriel ich schicke dich mit einer Aufgabe. Ich schicke dich zu einer Frau. Finde sie und überreiche eine Botschaft von Mir. Es wird der neue Anfang!"

XXX

„Alarm!" Tief unter der Erde in der Festung klang das Signalhorn. Der Dienstengel beobachtete sorgfältig was geschehen ist. Der Satan kam blitzschnell und lautlos. Der Dienstengel schaute auf seinen Chef. „Herr, wir beobachteten plötzliche Energieexplosion in dem Bereich, wo sich die „Arche" befindet. Es war kurz aber von großer Stärke. Wie ein Blitz. Wir wissen nicht was geschehen ist, Aber ich dachte es mir, es könnte wichtig sein und informierte dich sofort", sagte der Engel. „Gut Belzebub, beobachte weiter, was sich in dieser Region tut. Schalte zusätzliche Kräfte ein. Menschen die wir in unserer Hand haben, sollen jetzt wach sein. Sie sollen Augen und Ohren offen halten. Der Schöpfer bemüht sich oft, dass uns nicht alles gelingt, aber wir sind sowieso stärker. Unsere Macht wird immer größer. Die Einzelnen, welche ihm treu sind, bedeuten nicht viel. Alle wichtige Menschen und sein Reichtum sind in unserer Hand. Die sind mit uns. So war und so bleibt es auch. Wir schütteln ein bisschen Gold aus und kaufen uns was wir wollen. Immer finden wir die

Helfer", sagte der Satan. „Ja, Herr",
Belzebub kannte gut die schwarzen
Gedanken in Satans Kopf. „Er hat Recht.
Wir haben den Mensch in der Hand. Wir
haben die Macht. Der Satan ist ein
Genie. Wir werden sicher siegen!"

XXX

„Etwas geschah. Was? Was war das? Ein
Phantom? Traum? Täuschung?" Die
Gedanken liefen Fieberhaft und konnten
nicht anhalten. „Das war etwas, über
man nicht reden darf. Etwas geschah.
Real, jetzt und hier. Aber warum? Was
tu ich jetzt? Sie werden mich steinigen,
wenn es wahr ist." Die Maria ging auf
die Knie nieder. „Herr, was hast du mir
getan? Ich glaube und vertraue dir".
Plötzlich kam jemand rein ins Haus. Sie
stand auf, aber wollte sich nicht
umdrehen. „Gleich, noch nicht", ihr
Herz wollte es noch nicht. Sie wusste
wer da an der Tür steht. Wusste, dass
diesem Mann gibt nie, was sie versprach.
Sie verliebte sich vor einiger Zeit in
diesem Mann. Sie versprach ihm ein
gemeinsames Leben, sich selbst und ihre
Liebe. Sie spürte sein Blick. Wollte sich
nicht umdrehen und die Trauer in seinen

Augen sehen. Das Alles was geschah,
drehte sich noch mal in seinen Augen.

XXX

„Maria!" Die Stimme war laut, aber es
war doch niemand heim. „Maria", sie
drehte sich um und sah ein Licht in der
Ecke stehen. Irgendwas in Form von
einem Mensch. „Maria, ich komme zu
dir vom Herrn. Es sah in dir ein reines
Herz. Ein Herz bereit um das Bündnis
für alle Zusammen und für jeden
Einzelnen aufzunehmen". Maria beugte
sich auf die Knie nieder. „Es ist ein
Engel", entdeckte sie. „Was kann ein
Engel von so einem einfachen Mädel
wie ich wollen? Was bin ich? Ein Staub,
gar nichts!" Sie war völlig erschrocken.
„Maria fürchte dich nicht. Dein Herz
sagt dir, dass du ein Staub für deinen
Herrn bist. Deshalb möchte er aus dir ein
Felsen machen. Er will dir etwas
schenken, was keine Frau vor und nach
dir bekommt. Er will, dass durch dich
die Versprechung geschieht. Maria füllte
sich auf einmal leicht, ganz leicht. Alles
flog in ihr. Alles wurde unrealistisch. In
einer Sekunde war ihr Leben vollendet.
Sie machte die Türe ihres Lebens
einfach zu. Sie stand auf und blickte den

Engel in die Augen: „Ja, ich will!", sagte sie leise. Irgendwas wie ein Blitz durchbohrte ihr Körper. Sie spürte die Hitze des Lichtes und eine unbeschreibliche Fülle. Und die Stille. Dann verschwand alles und sie war wieder völlig allein.

XXX

„Maria!" Die Stimme Josefs war leise, aber entschlossen. „Ich will weiterhin, dass du meine Frau wirst. Ich will, dass das Kind in deinem Leib als meins anerkannt wird. Ich liebe dich, liebte dich schon immer. Ich will mit dir sein. Niemand wird was erfahren. Ich gib dir nicht das, was andere Männer seine Frauen. Auch du gibst mir es nicht, aber es darf niemand wissen. Mein Herz…", die Stimme Josefs wurde leiserer. „Mein Herz litt, aber Er hat es beruhigt und gab mir Trost. Ich weiß jetzt, dass die Versprechung sich jetzt erfüllt". Maria drehte sich um, lief zum Josef und schmiegte sich fest. Zärtlich berührte sie seine Haare. Sie wollte ihm so viel geben. Liebe, Zärtlichkeit, Kinder. Auf ihrem Gesicht flossen die Tränen. Sie schmiegte ihn weiter, wollte nicht, dass er es sieht. Später gingen sie raus, immer

noch umarmt. Ein paar einfache,
verliebte Menschen.

XXX

Das war schon zu viel. Der Satan war
jetzt echt sauer. Schon wieder Unruhen.
Statt sich gegenseitig bekämpfen und
umbringen, statt sich hassen, haben sich
die Menschen verändert. „Ich brauche
viele Krieger. Viel Hass und Böse.
Irgendwann zeige ich dir Herr, wer
Schöpfer hier ist. Nicht einfach der, wer
sich was ausdenkt, aber ein richtiger
Führer. Und jetzt wieder Probleme.
Welch für ein Unsinn. Auf einmal
werden die Prophezeiungen wahr. Die
Versprechung. Super, aber wie willst du
sie erfüllen. Wer schnappt mir mein
Eigentum weg? Denn Abgrund
besiegen? Herr, du konntest es nicht auf
Wega tun und jetzt erst Recht nicht! Die
Kraft des Abgrunds lebt von dem Bösen
in den Seelen und nicht in den Körpern.
Der Körper, wie ein Werkzeug dient der
Seele und die Seele mir. Ich der Herr
und Diener des schwarzen Loches. Hier
gibt es kein Zurück und kein
Entkommen." „Herr, eine Stimme
unterbrach seinen Monolog. Es war
Luzifer, sein Stellvertreter und einer von

39

dem besten Engel des Bösen. Ja, Luzifer"… „Herr, was seltsames tut sich mit den Sternen. Ein Stern bewegt sich in Gegenrichtung als normalerweise. So als würde er ein Ziel zeigen. Es geschah etwas in dieser Stadt. Es tut sich was Herr, aber ich weiß nicht was! Vielleicht ist es schon Zeit, vielleicht ist es schon der Krieg und der Schöpfer will uns provozieren"? „Beruhige dich Luzifer, um welche Stadt handelt es sich"? „So ein kleines Nest, ein nichts Herr. Die Leute nennen es Bethlehem." „Was?" Satan stand sofort auf. „Was sagtest du? Bethlehem?" „Ja, Herr", der Luzifer war ernst erschrocken. „Aber…" „Sofort schickst du unsere Diener zum König Herodes. Es ist sein Konkurrent. Wie spricht die Saga in Bethlehem, soll der neue König zur Welt kommen. Der Herodes erschreckt sich und lässt ihn umbringen. Am Besten soll er alle Neugeborene umbringen lassen. Dabei stirbt auch der Richtige. Niemand entkommt dem König. Tu es sofort!", schrie der Satan. „Ja, Herr", der Luzifer ging schnell um die Befehle zu richten. Der Satan drehte sich um und saß auf den Thron zurück. Seine Gedanken

analysierten wie ein Blitz alle Sachen.
„Sowieso besiegst du mich nicht. Egal
wer das auch sein sollte – es wird nur ein
Mensch! Nur ein Mensch! Und nichts
mehr!"

XXX

Der Herodes hatte einen seltsamen
Traum. Ein Ankömmling in schwarzer
Maske sprach was zu ihm: „Es kam der
neue König auf die Welt, und du, du bist
Herodes der Kleine. Gar nichts, sogar
nicht sein Diener." Er wachte sich
erschreckend auf. „Es war nur ein
Traum", dachte er. „Ein Albtraum,
nichts mehr". Schon wollte er alles
vergessen, als plötzlich ein Diener mit
einer seltsamen Nachricht für ihn kam.
Es kamen drei merkwürdige Männer
zum Schloss. Man konnte sehen, dass sie
lange unterwegs waren. Seine Gesichter
waren von den Reisestrapazen
gezeichnet. „Herr, die drei wanderten ein
Stück Welt hinter einem Stern. Er soll
nach seinen Glauben den Ort der Geburt
vom König der Welt zeigen", sagte der
Diener. „Was?" Die Gedanken in
Herodes Kopf flossen wie ein breiter
Fluss und überfluteten sein Herz. „Sofort
will ich mit ihnen sprechen. Es ist sehr

41

wichtig!" Der Diener erschrocken und verzweifelt schaute auf die Eile und Zerstreutheit des Königs. „Bringe die Männer zum Thronsaal, ich komme dort gleich. Na geh schon, sofort!" Der Herodes saß düster. Das, was er von den Männern hörte und der Traum. Die Kälte in seinem Herz und die Angst um die Macht, wuchsen sehr schnell. Er befahl den Hofastrologen zu holen. Den Männern hatte er ein bisschen Erholung und Ruhe vorgeschlagen. „Herr", der Astrologe war auch tief benommen. „Der Stern hat sich auf einmal sehr seltsam bewegt. Wie der Prophet in der Schrift schrieb, es ist ein Zeichen von dem Schöpfer. Es kommt der neue König zur Welt und die Versprechung erfüllt sich". „Und was jetzt?", die Stimme Herodes war zerbrochen. Alle waren betroffen. Nur der Vertraute des Königs blieb ruhig und gelassen. „Was ist da passiert? Herr, man muss erst alles prüfen. Außerdem wie viele Propheten haben uns schon erlöst. Und was? Nichts! Also… Herr erlaube mir, dass ich dir etwas rate. Die Männer sollen weiter gehen. Ich schicke auch meine Leute hinterher. Die beobachten Alles, dann prüfen wir, was passiert ist. Wenn nötig, werde ich persönlich mit einem Trupp dorthin reiten. In deinem Namen machen wir dann Ordnung. Es lebe Herodes, der Größte!", rief Ferzilus. „Es lebe!", riefen sofort auch die Anderen. „Ferzilus, du hast freie Hand, ich weiß, dass du mich nicht enttäuscht", sagte König und ging weg. Die Sache war erledigt. „Wie gut, dass man solche Diener hat. Man sollte ihn gut belohnen", Herodes ging jetzt zu den Wanderern zurück.

XXX

Bericht von deinem Diener Ferzilus. An den großen König Herodes (Vertraulich)

Herr! So wie besprochen machte ich mich auf den Weg nach Bethlehem. Persönlich führte ich deinen Auftrag aus. Meine Leute beobachteten die Männer bis sie nach Bethlehem kamen. Dort fanden sie ein neugeborenes Kind. Sie anerkannten es als den neuen Herrscher. Als es mir mitgeteilt wurde, ritt ich mit deinen Soldaten nach Bethlehem. Die Soldaten führten deinen Befehl sehr schnell aus. Alle neugeborenen Kinder wurden getötet und beigesetzt. Die

Sache ist erledigt. Ich wünsche dir mein
König nur ruhige und fröhliche Träume.
Dein bester Diener Ferzilus.

XXX

Tief unter der Erde, in der Festung
herrschte Ruhe. Es war wieder nichts
los. Der Satan saß auf seinem Thron und
wartete auf den Luzifer. Der kam gerade
rein. Der Satan drehte sich um. Auf
seinem Gesicht konnte man die
Zufriedenheit merken. „Gratulation
Ferzilus der beste Diener Herodes". Ein
entsetzliches Lachen des Satans konnte
man noch lange hören. Er konnte es
nicht wissen, dass es nicht mehr so lange
bleibt.

XXX

Johannes Schrei war vernehmlich.
„Kehrt um, weil nahe schon das Moment
ist, wenn sich die Versprechung erfüllt.
Kehrt um, wäscht sich von euren Sünden
ab!" Die Stimme war wie ein Echo, dass
sogar die Steine bewegten. Da kam
jemand, der konnte die Herzen und
Gewissen aufwachen. Niemand konnte
ihn aufhalten, niemand konnte seinen
Schrei übertönen. Die Leute gingen
hinter ihm und zu ihm, weil sie besser
werden wollten. Weil sie sich von den

44

ganzen Schmutz und Hass abwischen wollten. Die Tage waren wie ein Gewitter, wie Blitz und Donner. Sie kamen vom Glauben an Schöpfer, der wollte, dass die Menschen frei sind. „Himmel über den ihr träumt wird in euren Herzen. Euer Geist ist ewig", Johannes Schrei war so laut, dass sogar der König ihn hörte. Aber Gewitter und Donner mussten auch abklingen. Und erlosch seine Stimme und niemand konnte was hören. Die Stille, die dann herrschte war unverträglich. Es war einfach unmöglich, dass es so zu Ende geht. In fernem Nazaret lebte alles ruhig und müde. In der Wüste tat sich was. Der Wind wurde immer stärker und stärker. Da kam wieder ein Sandsturm. Jemand machte gerade schnell das Fenster zu, als plötzlich er eine Gestalt sehen konnte. „Es muss ein Verrückter sein. Wer geht den jetzt bei diesem Wetter in die Wüste?" Der Unbekannte, als werde ihn hören, drehte sich gerade um und grüsste ihn. „Es ist doch Jesus, Josefs Sohn. Wozu geht er in die Wüste? Halt!", schrie er laut. Aber Jesus drehte sich um und verschwand wie im Nebel.

XXX

45

Hier war sicher der Gott nicht. Zwischen Sand und Hitze war eigentlich schon gar nichts. Der Jesus ging immer weiter. Jemand folgte ihm, aber er konnte ihn nicht sehen. Wenn er sich umdrehte, sah er einfach niemand. „Hier gibt es doch niemand", dachte Er. „Kein Mensch kann hier leben". Es kam die Zeit der Härten. Sein Herz sagte ihn, was zu tun ist. Er aß und trank schon lange nicht. Der Hunger war schon wie eine Erinnerung, der Durst aber ließ sich nicht vergessen. Er betete zum Herrn, weil er ein reines Herz behalten wollte. Immer noch erinnerte sich an den Treff mit Johannes. „Das was er mir sagte, ist wahr, es ist mein Schicksal." Er saß sich auf den Sand und schaute in den Himmel. „Also irgendwo dort im Himmel bist Du, und Ich, Ich soll deine Versprechung erfüllen. Gebunden in diesem Menschenkörper. Meinem Leben, meinem Willen und deinem Himmel." Er hatte kühlen Kopf und brauchte nicht viele Wörter. Es lohnte sich nicht viel darüber zu reden. Er schlief ein. Sein Atem war ruhig. Gerade auf dem Himmel leuchtete der erste Stern auf.

XXX

Plötzlich wachte er sich auf. Immer noch glaubte er den verschlafenen Augen nicht. Vor ihm stand jemand.

„Willkommen Jesus", hörte er.

„Willkommen Jesus du großer Prophet!"

„Woher weiß er, wer ich bin?" Jesus konnte aber keine Antwort finden.

„Sicher wunderst du dich, woher ich dich kenne. Du bist der Nachfolger Johannes. Er hat dich auserwählt. Du sollst hinter ihm gehen. Ich, ich bin so wie du, will dir nur helfen. Komm iss was, du musst noch viel tun" und gab ihm Brot und Wein. „Geh weg!", mit leiser aber deutlicher Stimme sagte Jesus. Der Fremde verschwand. Nur der Hunger und Durst erwachten wieder.

„Soll ich wirklich gehen?" Der Fremde erschien wieder. „Überleg mal, ich will dir nur helfen! Was tust du allein? Du endest wie Johannes – gefangen und allein gelassen. Sicher ist, dass der König ihn umbringt", sagte. „Es ist nicht wahr, Johannes wird leben, er kann nicht sterben", sagte verzweifelt Jesus. „Aber doch, komm mit mir. Du kannst ihn retten. Hilf ihm und dir. Wir verbinden unsere Kräfte. Niemand kann uns dann

besiegen. Schau!" Plötzlich stand vor
dem Jesus eine riesige Wand. „Reichtum
und Macht, alles das ist mein. Ich
schenke es dir. Die welche es besitzen
sind meine Diener. Sie tun alles, um das
zu erhalten. Sie glauben an mich und
dienen mir. Und ich, ich schenke es dir.
Komm mit mir. Es ist nicht wahr, dass
ich böse bin. Anders denken ist doch
nicht gleich böse. Warum solltest du das
alles Abstößen? Du wirst in Lieder
verewigt. Du wirst der wahre Herrscher.
Na komm schon!", die Stimme wurde
immer aufdringlicher. „Hör auf, ich weiß
wer du bist, geh weg! Schon einmal ist
es dir gelungen und jetzt muss der
Mensch für seine Blödheit zahlen!" „Du
armer Narr!", die Stimme änderte sich
und klang wie ein Donner. „Wie kannst
du so ein Reichtum ablehnen. Es ist der
einzige Weg zum Sieg. Du wirst der
größte Führer. Du besiegst deinen Feind
und du erlöst deine Brüder. Wer bist du?
Ein Zimmermannssohn, vielleicht ist in
dir was besonders, aber es reicht dir
nicht. Er hilft dir nicht! Das letzte Mal
sag ich: Komm mit oder stirb mit deinen
Träumen!" Das Herz Jesu durchbohrte
ein schwarzes Feuer. Der Satan stand vor

ihn und schaute in seine Augen. Der
Jesus gefiel aufs Knie. Sein Gesicht
zeichnete einen furchtbaren Schmerz.
„Herr, rette mich", den letzten Gedanken
sprach er lautlos. Auf einmal
verschwand alles. Der Jesus lag
bewusstlos auf dem Sand. Er war wieder
allein, ganz allein. Er wusste gar nicht,
ob er noch lebt. Er lag so noch lange
Zeit. Plötzlich machte er die Augen auf
und sah die Sonne am Himmel. Er stand
auf und machte seine Kleidung sauber.
„Ich muss zurückkehren." Er dachte die
ganze Zeit über den Johannes. „Warum
muss es so sein? Warum kann man ihn
nicht retten?" Langsam und mit großer
Mühe ging er durch die Wüste zurück.
Und nur seine Fußabdrücke, die im Sand
blieben, waren das einzige
Lebenszeichen.

XXX

„Es war so einfach!" Er wusste gar nicht,
dass er es tut. Der Jesus war gerade mit
seiner Mutter auf der Hochzeitsfeier. Es
war sehr schön und freundlich. Alle
waren so froh. Wer konnte wissen, dass
es so was passiert. Jose, Maria Cousin
heiratete gerade die junge Miriam. Beide
waren arm, aber man konnte nicht ohne

Feier ausgehen. Mitten in der Feier, während die Leute tanzten und spielten hat sich was Schreckliches herausgestellt. Es gab kein Wein für die Gäste mehr. Der Jesus unterhielt sich gerade und hat auch nichts bemerkt. Aber Maria erkundigte sich und kam zu ihm zum Tisch. „Sohn, bitte unterbreche für einen Moment dein Gespräch und komm mit mir. Ich muss dich um was bitten!", sagte sie. „Ja Mutter, du weißt, dass ich dir nicht absage! Entschuldigung, ich komme gleich", sagte Jesus zu den Freunden. „Ja Mutter", er kam nach draußen. „Mein Sohn, meinem Cousin ist was passiert. Der Wein ist leider leer gegangen, du weißt doch, dass er arm ist. So ein peinlicher Fall", Maria schaute mit traurigen Augen. „Was kann ich tun?", fragte Jesus. „Du weißt Jesus, ich weiß es auch, dass du es tun könntest. Jetzt und hier. Vielleicht dachtest du nicht, dass heute deine Mission anfängt. Ich bitte dich, tu es für mich", sprach sie leise. Der Jesus schwieg, er konnte sein Wort nicht zurücknehmen und der Maria absagen. „Herr", sagte er leise. „Nur Du kannst es tun." Er blickte auf die großen

Krüge fürs Wasser die in der Ecke standen. Rief die Helfer und Diener und befahl ihnen den Wein zum Tisch zu bringen. „Der Wein schmeckt wie noch nie", wunderten sich die Gäste. „Wo hast du so einen Gekauft?" Der Jose schwieg aber und wollte nichts mehr sagen. Er wusste was in den Krügen war. „Danke Dir, Herr", der Jesus blickte erleichtert zum Himmel.

XXX

Es war dunkel. Die Dunkelheit herrschte hier schon immer. Hier tief unter der Erde, in diesem furchtbaren Schlosskeller. Nur die Ratten liefen herum. „So wie in der Hölle", dachte Johannes. „Von hier kommt man nicht lebendig raus. Herr, es ist mein Lohn, weil ich so klein und sündig bin. Ich habe nichts getan, habe meinen Brüdern nichts gegeben. Wie ein kleiner Staubkrümel". Langsam, ohne dass er glaubte, dass es wahr ist, stand er auf. „Es ist unmöglich", dachte er. Jemand rief seinen Namen. „Ich träume oder?" Er konnte sich nicht beruhigen. „Ist dort jemand?", rief er. „Johannes, Johannes, wir sind es, deine Jünger!" Johannes saß sich bewusstlos auf den Boden hin.

„Also sie fanden mich, aber ich kann ihnen doch nichts mehr geben!" „Johannes!", rief wieder dieselbe Stimme. „Jesus wandert durch das ganze Land, er heilt kranke und blinde, wirft böse Geister von Irremenschen raus. Er verkündigt Schöpfers Sieg". Johannes Augen leuchteten. Das Herz schlug wie verrückt. „Danke dir Herr". Er fiel auf den Boden und betete. Plötzlich stand er auf die Beine auf und schrie so laut wie es möglich war. „Geht zu ihm, geht mit ihm, er ist der, welche"... Er konnte es nicht sehen, aber jemand schnappte ihn mit Gewalt. Vier Männer holten ihn raus. Schnell und respektlos schleppten sie ihn in den Schlosshof. Plötzliche Sonne explodierte in seinen Augen. „Also schon, es kommt das Ende. Danke dir Herr". Jemand schuppste ihn um und er fiel auf den Holzklotz. Viele Hände hielten in fest. Er sah schon nicht, wie die Axt sein Kopf abgeschnitten hat. Es kam nur ein Licht und sein Herz lag ganz im Feuer. Und dann kam die Stille. „Johannes!", die Stimme rief immer noch weiter. „Johannes, bist du dort, hörst du uns?" „Geht weg, sofort!", rief eine andere Stimme von der

Schlossmauer. „Johannes wurde gerade enthauptet, geht weg, sonst erwartet euch vielleicht das gleiche Schicksal!" Sie standen wie versteinert und konnten an das nicht glauben. Immer noch hörten sie seine letzten Wörter: „Geht zu ihm!"

XXX

Die Lage war sehr angespannt. „So kann es nicht weitergehen! Das, was der Jesus mit uns tut, wir können uns nicht wehren. Was sollen wir weiter tun Herr?" Die Frage hing über die Dunkelheit der Festung. „Was sollen wir tun? Was tun?!" Die Stille war unerträglich, schwarz und taub. Alle Augen schauten in seine Richtung. Er saß aber bewegungslos, als würde er schlafen. Intensiv analysierte er alles. Plötzlich machte er die Augen auf, blickte auf die Versammelten und als würde es unbedeutsam, sagte er einfach: „Nichts!" Alle waren erstaunt. „Nichts Satan? Aber er wirft uns raus. Wir haben keinen Zugang zu ihren Herzen mehr. Immer mehr Leute wollen wie Er sein. Wenn es so weiter geht, dann werden wir verlieren!" Der Satan schüttelte seinen Kopf. Schon wieder herrschte Stille. „Wir müssen abwarten. Im

Moment finden wir keinen Anhaltspunkt, keine Schwachstelle bei ihm. Aber Er wird bald viele Feinde haben. Die Priester werden ihn hassen. Sie verlieren sein Einfluss und das Reichtum. Leute wie Er enden tragisch. Er ist nur ein Mensch. Er glaubt, dass er der Messias ist, aber der Schöpfer kann ihm nicht helfen. Wenn die Menschen Ihn verraten, tut er nichts. Sie bringen ihn um. Ich sag euch, habt keine Angst, er besiegt uns nicht. Man muss alles gut vorbereiten und organisieren. Der beste Zufall ist der, welchem hilft man ein bisschen. Zwischen seinen Jüngern suchen wir einen Schwachpunkt aus. Es sind nur einfache Menschen. Jeder von ihnen will, dass er siegt, aber nicht jeder denkt an das Gleiche. Luzifer, wie denkst du, wer von ihnen könnte uns behilflich sein?" Der Luzifer schüttelte nervös den Kopf, wenn alle auf einmal auf ihn blickten. „Ich weiß es nicht Herr. Es ist nicht so einfach. Man muss es erst alle erarbeiten. Manche von denen sind zu blöd um sie zu kaufen". „Ja, du hast Recht, ich denke vielleicht einer, der die Geldmacht kennt, könnte uns helfen. Der Judas, der ist so ein kleiner Gauner. Er

liebt Jesus, aber sieht in Ihm einen
Führer, denkt an einen Sieg über die
Römer. Er will auch einen Sieg für sich.
Vielleicht probieren wir es mit ihm, was
denkst du Luzifer?" „Deine Ratschläge
Herr sind wie immer treffend", sagte
Luzifer. „Wir müssen abwarten bevor
wir zuschlagen. Ich weiß wie schwer es
euch jetzt geht, aber wir müssen
abwarten. Unser Sieg wird dann groß.
Der Narr bekommt meine Antwort.
Wenn er stirbt werde ich mich
persönlich um Ihn kümmern und
verspreche euch: Ich zahle ihm euer
Leiden ab! Die Dunkelheit des Abgrunds
sei mit euch meine Engel!" Es war
Schluss und alle gingen weg. Der Satan
saß einsam auf dem Thron. Das erste
Mal kamen sie ihn so ernste Gefahr, kein
Mensch war wie Er. Keiner konnte so
viel tun. „Ich werde mich persönlich um
dich kümmern!" Satans Augen gingen
zu. Er schlief ein. In der Dunkelheit
konnte man nichts mehr sehen.

XXX

Und alle aßen Brot und Fische. Alle
wurden satt. Allein Männern war es über
5000. Die Reste wurden angesammelt.
Der Jesus ging dann weg und viele

sahen, wie er mit den Füßen durch den See ging, als es ein fester Boden wäre. Der hohe Priester machte das Schreiben zu. „Was sollen wir jetzt tun? Was sagen wir dem Volk? Sowieso wird uns niemand zuhören. Sie gehen mit Ihm und wir werden alles verlieren. Werden nicht gebraucht. Wie ein alter, zerrissener Tunika." Der hohe Priester saß im geheimen Saal. Gegenüber von ihm der Ferzilus, der Vertraute des Königs. Er hörte über ihn, wusste das er viele streng verheimliche Dinge erfolgreich erledigen konnte. „Ferzilus, was denkst du?", fragte er. „Die Sache braucht Zeit, Beeilung braucht man nicht. Wir müssen Informationen sammeln. Kennen aber auch nicht sagen, dass nichts passiert ist. Und Er muss, ob er will oder nicht hier kommen. Hier zu dem Tempel. Die Menschenmassen kann man schnell überreden. Es reicht wenn Er seine Wünsche nicht erfüllt. Weißt du wen sie wollen. Einen Führer, jemand der unser Land befreit. Warten wir ab, vielleicht geht da etwas schief", sagte Ferzilus. „Ja Ferzilus, vielleicht hast du Recht. Heute können wir gegen Ihn nicht antreten", der hohe Priester war traurig. „Was bedeutet nicht, dass wir nicht Ihn besiegen können", treffend parierte Ferzilus.

XXX

Der Jesus hat die Rede beendet. Hier auf dem Gipfel klingten seine Wörter sehr deutlich. Alle schauten auf Ihn und Er auf sich. „Ob sie sie mich verstehen, ob sie wissen, um was das Spiel läuft? Ob sie es wirklich verstehen können? Vielleicht ist es besser, dass nicht alles aufgedeckt wurde! Es ist sowieso schwer für sie", dachte Er. Es war schon Zeit. Sie gingen schweigend Berg ab. In ihren Herzen klangen noch immer die Segenswörter. „Es ist gut arm zu sein, dass Reichtum mehrt das Böse. Es ist wahr", dachte Judas. „Aber was erreichen wir, wenn wir nichts haben?" Der Judas konnte das nicht verstehen. „So siegst du nicht Jesus und ich siege mit dir auch nicht! Du musst Verbündete suchen und Kräfte sammeln. Man kann nicht mit bloßen Händen gewinnen". Der Judas hängte seinen Kopf runter und marschierte schweigend. Er war enttäuscht und traurig. „So sehr habe ich dir vertraut, Jesus. Enttäusch mich nicht! Ich werde wie ein Hund treu, aber enttäuscht mich nicht, bitte!", schrie sein Herz.

XXX

Ferzilus endete sein Bericht. In seinem Report war nur das, was er wirklich sah. Es waren keine Märchen und Erzählungen. Er hat es gesehen. In seinem schwarzen Herzen wohnte Angst. Sogar der Satan konnte nicht weiter mehr warten. Beim geheimen Treff mit Ferzilus hatte er ein kleines Päckchen für den hohen Priester überreicht. „Es ist seine einzige Chance. Wenn der Jesus in den Tempel reinkommt, bedeut das sein Ende. Es ist auch unsere Chance. Dort im Tempel, in der Replik der „Arche" ist seine Kraft. Wenn es uns gelingt, Ihn aufzuhalten, dann haben wir gewonnen." Der hohe Priester saß ohne sich zu bewegen. Er schwieg lange Zeit. „Also du hast es gesehen? Wie er heilte und wie er den Lazarus zum Leben aufwachte? Wirklich?", fragte er mit zerbrochener Stimme. „Ja Herr, es war so, ohne Zweifel! Wenn er hier erscheint, dann fängt er den Aufstand an. Euch räumt wie Krümel vom Tisch auf. Und die Römer? Sie räumt auch weg, aber schon ohne euch. Ihr streitet ständig miteinander, jetzt macht doch endlich Schluss. Vielleicht habt ihr noch ein Chance!" Der hohe Priester wurde auf einmal wie aufgewacht. Mit großer Schwierigkeit konnte er nur die kurze Frage ausdrücken: „Chance?" „Ja Herr, den Jesus kann man noch aufhalten, wenn er in der Stadt erscheint, da…" Noch lange dauerte das Gespräch und in den Augen von den Beiden konnte man neue Blicke sehen. Der Ferzilus überreichte dem hohen Priester ein Päckchen und sagte noch zu Schluss: „Das was hier heute geschah bleibt zwischen uns. Für die Ewigkeit." „Ich werde schweigen wie ein Stein", antwortete ihm leise der hohe Priester. Als der Ferzilus wegging, ging der hohe Priester zum Tempel und betete vor dem Vorhang.

XXX

Das Feuer ging schon fast aus. Sie saßen im Kreis und trauten sich nicht. Keiner fragte Ihn. Sie füllten, dass er was sage wird. Was Wichtiges. Die Spannung war immer größer. Er sprach die letzte Zeit immer weniger zu ihnen. Betete immer mehr. Sie blickten auf Ihn, aber Er wollte nichts sagen. Schwieg, bis er plötzlich anfing zu reden: „Es ist schon Zeit. Zeit um in den Tempel zu gehen. Die ganze Welt wartet auf diesen Moment. Ich kann auch nicht weiter warten. Morgen früh gehen wir nach Jerusalem. Wir können hier länger nicht mehr bleiben. Seid ihr bereit? Ihr seid doch meine Ritter!" Alle standen auf einmal auf. Sie sicherten Ihn wie brav sie sind. Bereit für alles. Sie bereiteten sich, wie auf eine Schlacht. Jesus schaute auf sie und schwieg wieder. Dann sagte er: „Wir müssen schlafen gehen. Der Weg ist weit und es ist viel Zeit zum Reden." Er drehte sich um und ging an die Seite. Sie blickten in Dunkelheit auf seine Gestalt. Ihre Herzen schlugen fest. „Die Freiheit ist so nah, mit Ihm gewinnen wir sicher", Judas Herz brannte. „Danke dir Herr, dass du mein Gebet erhört hast. Ich bin Dein mit ganzem Herzen!"

XXX

Es war wie ein Märchen. Ein Traum, wunderbarer Traum. Als sie zur Stadt kamen, da waren alle auf den Straßen. Als würden sie sich vorher alle abgesprochen haben. Als würden alle in persönlich sehen wollen. Wie den Kaiser oder König. Die Menschenmassen freuten sich. Schrien und lachten, als würden sie im Himmel sein. Niemand konnte widerstehen. Sogar die Soldaten taten nichts gegen den Triumphalistchen Einmarsch. „Hosanna", schrie der Judas. „Es kommt die Freiheit, Hosanna". Sie kamen in die Tempelnähe. Alle Augen blickten auf Ihn. Er stieg vom Esel runter und schaute auf den Tempel. In sein Herz kam der Schmerz hinein. Immer noch, ohne was zu verstehen ging er weiter. Etwas durchbohrte sein Herz immer mehr und mehr. Hier im Tempel ließ der Schöpfer die Replik der „Arche" mit zwei Tafeln. Es war eine Energiequelle und diente als Signalempfänger von der „Arche". Er ging weiter und wusste sofort, dass etwas furchtbares passierte. Dann jagte Er noch die Verkäufer von den Tempeltreppen weg und plötzlich hielt Er endgültig an. „Wenn ich noch ein Schritt weitergehe, dann sterbe ich", der Gedanke war schneller als Wörter. „Was haben die Idioten getan, sie machen alles kaputt." Fieberhaft dachte Er, was Er jetzt tun soll. Er hob die Hände hoch und mit lautem Schrei bat den Schöpfer um

Hilfe. Aber es tat sich nichts. Er blieb so einige Zeit wie versteinert stehen. Und plötzlich ging Schritt für Schritt runter und verschwand in den Menschenmassen. Alle schauten auf das was geschehen ist und konnten seinen Augen nicht glauben. Sie waren enttäuscht und von seinen Träumen beklaut. Sie schämten sich, füllten sich betrogen. Der Jesus ging schnell weg vom Tempel. Das was er überlebte war furchtbar. Zum hohen Priester kamen die Diener und erzählten ihm, was da draußen geschah. Er schwieg aber und blickte heimlich auf den neuen Vorhang.

XXX

Michael schaute ihm in die Augen. „Herr, unsere Signalstation ist kaputt. Wir können den Jesus nicht helfen. Am schlimmsten ist, dass wir nicht wissen, was passiert ist. Wir können jetzt nichts Weiteres tun." Sein Antlitz sah versteinert, schweigsam aus. „Ich weiß", nur die kurze Wörter, nichts mehr. „Was tun wir jetzt?", fragte noch mal der Michael. „Wir müssen warten und Jesus …

Wir beten für Ihn. Er kann den Satan besiegen, aber, aber wir können Ihm

nicht helfen." An seinem Gesicht flossen
Tränen. „Wir können Ihm nicht helfen,
Michael, ich möchte jetzt allein bleiben."
Der Michael drehte sich und ging weg.
Die Stille und Leere konnte nichts füllen.
Gar nichts. „Der Jesus blieb allein und
wir können Ihm nicht helfen", der
Michael war tiefst gebrochen.

XXX

Alle saßen in Stille. Alle Augen schauten
auf Ihn. Nachdem was am Sonntag
passierte, wurde Er auf einmal kleiner
geworden. In der entschiedenen Stunde
ist alles zusammen gebrochen. Sie
vergaßen schon, was er vorher getan hat.
Alle schauten nur auf das Heute. Und
heute, heute sitzen wir mit Ihm zum
Abendmahl. Er wurde klein, der Kleinste
von allen. „Er kann es nicht sein, er ist
nicht der Messias. Der Schöpfer hat Ihm
die Hilfe verweigert", dachte Judas. „Er
ist es nicht. Er hat mich so sehr
enttäuscht. Sie schnappen uns alle,
werden prügeln und dann umbringen.
Am besten muss ich mich noch retten. Er
tut schon nichts mehr." Der Monolog in
Judas Herzen dauerte eine sehr lange
Zeit. Unterbrochen wurde erst durch den
Jesus. „Es ist unser letztes Abendmahl.

Ich weiß es nicht, ob ich euch noch treffe. Deshalb als Zeichen unserem Treff, isst dieses Brot und trinkt diesen Wein. Wie viel mal werdet ihr in eurem Leben es tun, so viel Mal wird Er euch stärken. Wenn Ihr es in meinen Namen werden tut, werdet ihr Kraft und Glauben haben. Deshalb nimmt jetzt das Brot und den Wein als Zeichen. Zeichen der Verbundenheit mit Ihm. Und wenn ihr reines Herz habt, da wird es zum Fleisch und Blut für das ewige Leben. Ohne Hass und Tod, ohne Satan und seine dunkle Macht." Sie nahmen aus seinen Händen das Brot und den Wein. Sie schauten neugierig, ob es sich verwandelt. „Sie verstehen mich nicht", dachte traurig Jesus. Er schaute in Judas Augen, aber der drehte sein Kopf um und ging weg. „Er ging schon weg von mir, kehrte zurück zur Welt mit Leiden und mit dem Bösen. Wer noch? Ich kann ihnen schon nichts mehr beibringen. Herr, warum passierte es? Warum gerade jetzt hilfst Du mir nicht? Wie soll ich die Menschen überzeugen?" Die Stille war aber die einzige Antwort. „Ich muss beten gehen, ihr sollt auch bereit sein, weil die Zeit schwer wird." Der

Jesus stand auf und ging in den Garten.
Alle saßen und schwiegen. Nur der Judas
fehlte am Tisch.

XXX

Er betete zum Schöpfer. Ohne Wörter
und ohne Gedanken. „Dort mit Dir sein,
sich freuen vor Freude und nicht trauern
von Trauer." Das ganze Leben schwebte
in seinen Gedanken. Ab Anfang – als
Kind und weiter, weiter bis zum
heutigen Tag. Die Bilder schoben sich
eins nach dem Anderen. Plötzlich hielten
sie an. Die Wüste. Hier traf Er das Böse
zum ersten Mal. Er hatte keine Furcht
vor dem Satan. Der Satan konnte Ihm
nichts tun. „Und jetzt, jetzt habe ich gar
nichts, jetzt schnappen sie Mich
vielleicht und foltern Mich. Sie werden
Mich umbringen. Ich fürchte mich nicht,
weil Ich dir hoffe und vertraue", sagte er
lautlos. „Vertraue sogar jetzt in der
dunklen Zeit." „Du fürchtest dich
nicht?", eine erbarmungslose Stimme in
der Dunkelheit lachte Ihn aus. „Du
bildest es Dir nur ein. Und wenn auch,
da bald wirst du auch Angst kriegen.
Jeder Mensch fürchtet sich, jeder, sogar
Du, der große Macht in der Hand hatte.
Heute hat Er dich verlassen, heute bist

Du mein!" Der Jesus beugte sich unter dem Schlag. Unsichtbare Hände schlugen Ihn, die Füße traten Ihn und Seine Stirn wurde rot vom Blut. „Herr, ist das schon die Zeit? Warum tust du nichts? Warum gewinnt das Böse? Rette mich!" Die Schläge wurden heftiger, obwohl man niemanden sehen konnte. „Es ist nichts Jesus! Gar nichts im Vergleich zu dem was dich erwartet. Du kannst Dir nicht vorstellen, wie groß dein Leid wird. Wir haben viel Zeit und brauchen uns nicht zu beeilen. Es ist nur ein Vorspiel zu dem was auf Dich wartet. Stopp!", befiel der Satan und es wurde auf einmal Still. Der Jesus fiel bewusstlos um. Er war kraftlos und blass. Stand ganz langsam auf und ging zu den Jüngern. Die schliefen aber und vergaßen alles was er ihnen sagte. „Wie schwach sie sind, wie kleine Kinder!", mit traurigen Augen schaute Er auf sie. Er wachte sie gerade auf, als er plötzlich viele Lichter im Garten sah. „Was ist das", dachte Er. Er sah den Judas und ging ihm entgegen. Mit Hoffnung schaute Er in seine Augen, aber er sah nur den Verrat. Jemand hielt Ihn fest, der Andere schlug und als Er umfiel, sah er seine Jünger. Die liefen ganz schnell weg. „Also schon", dachte Er. Er wurde festgehalten und mit großer Menge von Tempeldienern geschleppt. Er ging dort und in seinem Herz blütete die Furcht.

XXX

Es gab kein Ende. Pausenlose Schläge und Schreie. Und wieder und wieder ohne Ruh. „Du bist Jesus, der falsche Prophet, hast die Leute vom Glauben entzogen. In Satansnamen tast du Wunder. Du meinst Gott zu sein. Du bist schuldig und böse. Du willst unsere Brüder töten". Die Anklage wiederholten sich hunderte Male. Und wieder schimpfen und Folter. „Wie viele Lügen kann man noch aussprechen?" dachte Jesus. Irgendwas in seinem Herz zeriss auf Stücke. „Wie groß kann Unrecht sein?" Er sagte nichts mehr, wehrte sich nicht. Es war doch sinnlos. „Für die kleinen Geschäfte, für gute Stellen, für den Reichtum, tun sie doch alles." „Du antwortest nicht? Warum willst du unseren Tod? Wer hat dich geschickt?" Der Jesus schaute in die Gesichter. Alles tat Ihm weh, jede Bewegung wurde zum Schmerz. „Also so sieht es aus!", dachte

Er. Er machte seine Augen zu und wollte nicht mehr die wunderbare Welt sehen.

XXX

Pontius Pilatus war sauer. Schon seit morgen früh hatte er streit mit seiner Frau. Dazu noch das Saufen gestern. „Alles gegen mich", dachte er. „Was will sie von mir? Ich kümmere mich doch um alles und wenn ab und zu will ich spaß haben, na und? Dazu noch die blöde Erzählung von ihrer Nacht. Sie hatte einen seltsamen Traum. „Ich träumte, dass du ein Mörder bist. Auf der Wiese standen kleine Kinder und sangen, dass du der Königsmörder bist. Pontius Pilatus – dein Name wird in der Geschichte sein. Du wirst als jemand, wer ein unschuldigen getötet hat bekannt. Es war alles so unrealistisch. Es war in einer Welt, wo uns nicht gibt", sagte und mit Tränen in den Augen lief sie weg. „Frauen Spinnerei", dachte Pilatus und ging wie immer zu seinem Amt. „Ich kaiserlicher Oberhaupt in diesem beschissenen Land. Einem Netz vollem Fanatiker. Sie, mit dem Glauben an einen Gott, welchen niemand sehen kann, sein Namen aussprechen, an den Schöpfer dieser Welt." „Herr", sprach zu

ihm der Dienstoffizier. „Es wartet der
hohe Priester mit seinen Dienern auf
dich. Sie haben eine eilige Sache. Sie
schnappten gerade einen
Aufstandkämpfer und brachten Ihn zu
dir." „Was?", Pilatus war völlig
überrascht. „Woher die Zusammenarbeit.
Für sie, sind wir doch Barbaren und
Fremde. In der Sache gibt es sicher einen
Hacken. Bring sie herein. Dann können
wir erfahren, um was es wirklich geht.
Seltsam", dachte er und ging zum
Gerichtssaal.

XXX

„Herr, der Mann hier wollte einen
Aufstand gegen den Kaiser organisieren.
Wollte euch alle umbringen. Wir haben
Ihn aufgehalten und brachten Ihn zu dir.
Das Recht muss sein", der hohe Priester
wusste nicht weiter, als wäre ihm die
Spucke ausgegangen. „Ach so", Pilatus
war recht vergnügt. „Was du nicht sagst,
vielleicht muss ich dich und deine Leute
auch verurteilen. Ich weiß doch, was du
über mich und den Kaiser denkst! Aber
komm, zeig mir um wem es geht." Die
Diener schuppsten einen Mann nach
vorne. Er sah sehr erbärmlich aus. „Das
ist also der Rebell", Pilatus war

enttäuscht. „Er sieht nicht wie ein Krieger aus." Der hohe Priester reagierte wie geschossen. „Herr, Er ist sehr gefährlich, erzählte dem Volk, dass sie dem Kaiser nicht mehr dienen müssen. Er erzählte über das neue Königreich und über sich. Er denkt, Er ist der neue König, der größte Herrscher." Pilatus füllte sich auf einmal unheimlich. Er dachte sofort an die Wörter seiner Frau: „Der Königmörder". „Ach ja", unterbrach schnell und fragte den Unbekannten. „Bist du also der neue König?" Der Unbekannte stand unbewegt. Auf einmal richtete Er sich und sagte ganz kurz: „Ja". „Wo sind deine Krieger und Diener? Warum König stehst du vor mir allein und ohne deine Macht?" „Mein Königreich ist nicht von dieser Welt, deswegen gingen meine Leute weg. Ich hab nichts mehr, aber Ich sage dir, Ich komme hier zurück und Pilatus, du bist heute hier, aber… Der Jesus unterbrach plötzlich und ließ den Kopf hängen. „Wer ist Er?", fragte der Pilatus. „Es ist Jesus aus Galiläa, ein Rebell und ein Lügner." „Aus Galiläa, ach Galiläa ist doch Herodes Land", triumphal entdeckte Pilatus. „Geht zum

Herodes mit eurem König. Sofort, schade um eure Zeit". Pilatus wartete nicht weiter, wollte nicht mehr seine Proteste sehen. „Und schon, das Problem hat sich selbst gelöst, prima!", sagte und lief weg.

XXX

Jetzt war er aber wirklich sauer. Sie kamen wieder zurück. Schon wieder das Gleiche. So ein Unsinn. Mittlerweile wusste Pilatus schon, um was es wirklich geht. Sie hatten vor dem Jesus Angst. Er hat in Schöpfernamen gelernt und sie erniedrigt. Dazu hatte Er noch neue Regeln und das neue Reich erklärt. „Also mit meinen Händen wollen sie Ihn umbringen, so leicht geht das aber nicht", dachte er und machte die Türe vom Gerichtssaal auf. „Um was geht es den wieder?" „Der Herodes schickte uns zurück, du sollst in Kaisernamen Ihn verurteilen." „Verurteilen? Seid ihr verrückt! Ich sehe hier keine Schuld. Falls ihr wollt, lass ich Ihn auspeitschen und lasse Ihn dann frei. Schluss!" „Es kann nicht sein!", der hohe Priester hopste wie verrückt. „Es ist Kaiserverrat!" „Was?", Pilatus geriet jetzt außer Kontrolle. „Du willst mich

lernen, was Recht ist? Du?" Pilatus stand
auf und lief zum Jesus. „Komm mit!",
befiel er kurz und machte das Fenster
auf. Die Menschenmassen standen still
und bewegungslos. Pilatus traute seinen
Augen nicht. „Was ist los?", dachte er.
„Was ist passiert?" Die Stille war
unerträglich. Der Offizier lief schnell zu
ihm. „Herr, morgen ist der Feiertag und
eine alte Tradition ist ein Gnadensspruch
für einen Gefangenen." Pilatus war
erleichtert. „In Kaisernamen und um
seine Größe zu zeigen, lasse ich euch
einen Gefangenen frei. Der eine ist
Barabas, Räuber und Mörder von
meinen Soldaten, der zweite, euer neuer
König ohne Thron, er half den Armen
und Kranken. Wen solch ich für euch
freilassen?" Pilatus drehte sich um und
schaute triumphal in hohen Priesters
Augen. Plötzlich eine einzelne Stimme
rief: „Barabas." Danach mehrere und
schließlich hörte man einen lauten
Schrei: „Barabas!!!" Pilatus schaute
wiederum auf den hohen Priester. Er war
der Gewinner. Er war so frech, dass er
die Menschenmassen bestochen ließ.
Entsetzt in seiner Wut rief er laut zu den
Menschen. „Was soll ich mit dem hier

tun?", und zeigte den Jesus. „Kreuzige
Ihn, bring Ihn um, Er ist der falsche
Prophet!" „Es ist doch Schluss", dachte
Pilatus und gab dem Offizier ein kurzes
Zeichen. Die Soldaten näherten sich und
holten den Gefangenen ab. „Ich
verurteile in Kaisernamen dich Jesus,
den König zum Tod." Um sein Verstand
zu beruhigen lief der Pilatus weg.

XXX

Immer höher und höher. Sie waren schon
außerhalb der Stadt. „Es kann schon
nicht lange dauern, ich halte es nicht
aus!" Der Jesus fiel auf dem Weg um.
Das Kreuz, das Er trug, war wir ein
Felsen schwer. „Warum?", eine Frage
ohne Frage und ohne… Antwort. „Für
das Herz und für die Hilfe, für das Brot
und für den Wein, für das Paradies und
die Hölle. Warum?! Herr, wo bist du?",
fieberhafte Gedanken liefen jetzt in Jesus
Kopf. Auf dem Gipfel standen drei
Holzpfeile. Mit Jesus waren noch zwei
andere Räuber, die sollten jetzt auch
hingerichtet werden. „Warum?" Er ging
langsam und fiel wieder um. Die
Soldaten schlugen Ihn und machten sich
über Ihn lustig. Nur einer von denen, ein
junger Kerl schaute mit Scham in seine

Augen. Man konnte in seinen Augen dieselbe Frage lesen. „Warum?" Sie kamen ans Ziel. „Also schon", dachte Jesus. Die Sonne, die die ganze Zeit schien, wurde auf einmal irgendwie dunkel und matt. Die Luft wurde schwer und bewegte sich nicht. Die Soldaten hielten Ihn gewaltsam unter die Armen und nagelten seine Hände und Füße in den Holzbalken. Er spürte schon keinen Schmerz. Irgendwas brach in Ihm zusammen. Alles wurde unrealistisch. Plötzlich aber nahm der unerträgliche Schmerz wieder zu. „Schon, nein noch nicht, wie lange halte Ich das noch aus?" Der Schmerz wurde schon wieder stärker. In Jesus Augen standen Bilder von seinem ganzen Leben. Die Kindheit, die Eltern, Jugendzeit, der Johannes und dann die Wüste. Die Sonnentage und Leute, die besser wurden. Seine Augen und Gesichter. Sie wollten wie Er sein. Auf einmal zeriss alles und der Schmerz wurde wieder größer. Der letzte Gedanke und Schrei. „Schöpfer! Wo bist du? Warum hast du mich verlassen?!" Im Augenblick bebte alles herum. Man hörte laute Schreie und Panik. Es leuchtete was wie ein Blitz. Mit seinem

letzten Blick konnte Er noch das Licht
vom Tempel sehen. Dann brich Sein
Herz. Der Körper hing bewegungslos.
Die Soldaten sahen versteinert auf das
Geschehen.

XXX

Plötzlich knallte was laut und blitzte.
Alle im Tempel unterbrachen das Gebet.
Mit Angst schauten sie auf den Altar.
Der Vorhang, der die „Arche" Replik
vor ihre Augen schützte, brach in
tausende schwarze Stückle. Die „Arche"
glühte wie ein Feuerball. Der Schein
blendete alles herum. In Panik liefen sie
mit geschlossenen Augen weg. „Wir
sind verflucht", schrie lautlos der hohe
Priester. Jemand wollte ihn aufhalten.
„Hab keine Angst, Er ist Tod", schrie der
Ferzilus. Aber er hörte nicht mehr auf
ihn und lief wie ein Besessener weg.

XXX

Es war der größte Triumph. Der Satan,
der beobachtete von weitem das
Geschehen, konnte nicht die
Zufriedenheit bremsen. Er ging schon
weg, war aber sehr ungeduldig. Dachte
schon an diesem Moment, wo er den
Jesus empfängt in seiner Welt. „Meine
Welt! Hallo, erst jetzt beginnt der Spaß!

75

Ich zahle Dir meine Demütigung zurück. Du wolltest über die Anderen stehen, jetzt stehle ich Dich auch so. Ich habe eine spezielle Überraschung für Dich. Die Abgrundskammer. Hier wirst Du klein. Hier hilft Dir niemand, der Schöpfer hat hier keinen Zugang. Es ist meine neuste Erfindung. Ein Raum mit einem Eingang, aber ohne Ausgang. Nur ich kann dank meiner Fähigkeiten rauskommen", sprach zu sich allein mit lautem Lachen. „Wie lange halte ich Dich hier drin? Ja vielleicht am Anfang so für 2000 Jahre. Danach schauen wir, was von Dir übrig bleibt. Du wirst die schönste Perle in meiner Sammlung. Hier sind die Alle, die fast so gut sind, ideal, treu und gerecht. Na und? Gar nichts. Dank der einen kleinen Frucht, der die Menschen vergiftete, so ganz wenig, ein winzigen Punkt. Also willkommen!" Er stellte den Mechanismus der Kammer ein und wartete auf die Seele von Jesus. Es dauerte noch einige Zeit bis der Geist den Körper verließ. Auf einmal leuchtete ein Lämpchen auf. Schon. „Willkommen, oh Jesus!" Er lachte. Sein

Gesicht sah wie eine schreckliche Maske aus.

XXX

Es war dunkel und kalt. Es tat schon nichts weh. Jesus Seele wanderte zum Ziel. Hier in der Festung, in ewiger Dunkelheit des Abgrunds war alle Menschenseelen Ziel. Gleich den Guten und Bösen. Den Kleinen und Großen. Der Schöpfer konnte dagegen nichts tun. Jede Seele musste dort rein und konnte nicht raus kommen. Die Jesus Seele war am Ziel. Plötzlich ging eine Türe auf und die unsichtbaren Hände zogen Ihn herein. Die Dunkelheit hier war schrecklich kalt. Jemand war hier mit Ihm. Er konnte ihn erkennen. Der Satan! „Willkommen Jesus, welch ein Treff oh König. Was tust du hier? Warum regierst du nicht in deinem Reich? Du Narr! Du Schwächling!" Der Jesus gab keine Antwort. Obwohl es dunkel war, sah Er alles vollkommen. Plötzlich spürte Er die Energie. „Satan!", rief er laut. Der staunte, aber drehte sich blitzschnell um. Zu spät, weil die Sonne explodierte, nein nicht die Sonne, tausende, Millionen von Sonnen. Erblindet in seinem Staunen, versteinert schaute er in den einen

einzigen Punkt. Das Jesus Herz. Durch
die Wunden in seinem Herz schlugen auf
ihn Millionen Lichtschwerter. Pausenlos
und ohne Ende. Erschüttelt in seinen
Zuckungen versuchte er vergeblich zu
fliehen. Mit entsetzen begriff er, dass es
hier keinen Ausgang gibt. „Ja", hörte er.
„Hier gibt es keinen Ausgang, deine
Falle ist doch vollkommen. Was willst
du noch wissen? Ja, ich bin ein Mensch,
aber mein echter Vater ist Er, den du so
gut kennst und verraten hast. Du hast dir
so vertraut. Sogar in Mitten und Sagen
steckt auch manchmal die Wahrheit.
Und Wörter meines Vaters lügen nicht.
Die Menschen brauchen Ihn und Er sie.
Es fällt noch irgendwann die
Entscheidung. Aber heute, heute geh Ich
weg und nehme alle die Treu waren mit.
Es ist mein Eigentum." Der Satan warf
sich hin und her, als plötzlich er die
Binden spürte, die sich an seinem Körper
fest machten. Die Strahlen banden seine
Gedanken und Fähigkeiten. Sie
wickelten ihn wie ein Kokon. Er hörte
auf, weil er begriff, dass im mehr
versuchte sich frei zu machen, desto
stärker hielten die Binden. „Satan, noch
eins. Seid heute gilt nicht mehr die alte

Regel. Wer in Meinem Namen Brot und Wein annimmt, muss nicht hier bis zum Ende der Welt bleiben. Ich kam zur Welt, dass sich die Verheißung erfüllt. Jetzt kam die Zeit. Der Mensch ist ab heute frei. Wie er wird und was er tut, ist seine Sache. Meine Aufgabe ist den Menschen zu helfen und den Weg zeigen. Jetzt gehe Ich schon Satan. Ich lasse hier ein kleines Licht. Es wird dich bewachen, bis sich die Türen der Kammer öffnen. Die Zeit gehört mir. Es ist nicht lange, nur 2000 Jahre, nicht wahr?" Der Satan versuchte sich noch einmal frei zu machen. Ohne Chance. „Hier gibt es keinen Ausgang, Satan. Es ist doch war", hörte er Jesus Stimme. Der Jesus drehte sich um und verschwand lautlos.

XXX

Der hohe Priester schwieg. Jetzt, wenn sich seine Sinne beruhigt haben, konnte er endlich analysieren, was geschah. Der Jesus starb, aber vielleicht war Er wirklich der Messias. „Das was ich gemacht habe war notwendig", hat er sich selbst beruhigt. „Und Ferzilus?" Es war seltsam, aber er verschwand spurlos. „Vielleicht ist er auch Tod oder hat sich einfach erschrocken? Woher hatte er den Vorhang? Wieso zerbrach er in schwarze Stücke?" Es gab noch viele Fragen ohne Antwort. Das Wichtigste aber war Ruhe bewahren und weiter tun als wäre nichts Besonderes passiert. So oder so ist der Jesus tot und die Sache ist abgeschlossen. „Herr, wir fanden im Wald eine Leiche. Der Mann hat sich aufgehängt. Es ist Judas, sein Jünger, der welche Ihn verriet. Später versuchte er noch alles zurück zusprechen, als er erfuhr, was mit seinem Meister geschieht. Wir haben ihn aber abgewiesen. Er hatte bei sich ein Brief für sie." „Für mich?" Staunte der hohe Priester. „Zeig mir den Brief." Der Brief war kurz. „Ich schreibe zu dir im Moment meines Todes. In meiner Schwäche und in der Ungläubigkeit habe ich den Jesus verraten. Ob Er mir vergibt, dass weiß ich nicht, aber dir sicher nicht. Du wusstest, dass Er unschuldig war. Er war der wahre Messias. Sicher kommt Er zurück. Judas, Sein Jünger und Verräter. Der hohe Priester schaute auf den Brief und warf ihn ins Feuer. „Quatsch, Er ist Tod und liegt im Grab. Ein großer Stein

liegt an der Öffnung. Es sind nur
Märchen. Begrabt den Narr, der sich
aufgehängt hat. Ich will nichts mehr
wissen. Geht schon!", sagte der hohe
Priester.

XXX

Der Jesus ging durch die nächste Tür.
Jemand wollte Ihn aufhalten. Er aber
machte mit einem Handgriff Schluss.
„Alarm!", Luzifer und Belzebub suchten
erfolglos nach dem Satan. „Wo ist er?"
In der Zeit macht uns Jesus alle fertig. Es
ist das Ende. Gerade ging Er zu der
Gegend, wo in speziellen Kammern die
Seelen der Gerechten gefangen gehalten
wurden. Die Wächter wurden getötet, die
Anderen sind einfach weggelaufen, als
sie das Massaker sahen. Jesus öffnete
eine nach der Anderen die Kammer. „Es
kam die Stunde, Stunde der Freiheit. Für
euch schon jetzt, für die Anderen
später." Das Tor der Festung öffnete sich
wie von allein. Dort oben zeriss auf
einmal der Himmel. Das ausgeschaltete
Kraftfeld der „Arche" verursachte einen
starken Wind. Die Seelen wanderten wie
durch einen Tunnel zu der „Arche". Das
Festungstor ging wieder zu. Der Jesus
blieb wieder allein in der Festung. Er

sollte noch was tun. Wusste nicht woher,
aber ging nach links. Die Stahltüren
waren zu, aber Er ging einfach weiter.
Die dort Wächter waren, sind auch schon
verschwunden. Er ging in den Garten.
Dort wuchsen die Bäume vom Paradies.
„Sie sind nicht gebraucht. Der Mensch
braucht sie nicht, seine Früchte sind Gift
für die Seele." Er hob die Hand hoch und
auf einmal brannten sie hell. Er stand
und schaute wie sie brennen. Es war das
Symbol des Verrats. Jetzt bekommt der
Mensch eine Chance. „Das er nur sie
nutzt", dachte Jesus und kehrte zurück.
Das Feuer ging aus. Jetzt war hier alles
tot.

XXX

Es war dunkel und kalt. Er wachte sich
auf und öffnete Seine Augen. Jetzt war
Er also zurück. Er stand auf und schaute
sich herum um. Der Anzug lag auf dem
Boden. Er nahm die Sachen und lag sie
an der Seite zurück. „Ich brauche die
Dinge nicht mehr", konstatierte Er.
„Jetzt änderte sich alles. Ich muss zum
Tempel gehen." Ging langsam zum
Ausgang. Hier lag ein riesiger
Steinbrocken. Wie mit unsichtbarer
Kraft warf Er den Stein an die Seite. Der

Ausgang war frei. Er ging jetzt zum Tempel und die Wächter konnten Ihn nicht sehen. „Es ist seltsam und komisch, sie können Mich nicht sehen, Ich aber kann alles sehen." Er ging rein hinter dem Vorhang und näherte sich der „Arche". Er zog die zwei Tafeln raus. Hier auf den Tafeln waren die Gebote des Schöpfers für die Menschen aufgeschrieben. Er hob die Tafeln hoch und ließ sie los. Der Knall war laut wie ein Donner. „Ich schreibe sie in seinen Herzen Vater", schrie Er laut. Plötzlich wurde es dunkel und still. Er ging wieder raus. Die Tempelmauer waren die einzigen Zeugen des Geschehens. Es stand die Sonne auf. „Es ist schon Zeit", dachte Er. In seinen Gedanken sah Er seine Jünger, die zum Grab gingen. „Es ist die höchste Zeit, seid heute gibt es die neue Welt!"

XXX

Sie gingen Berg hoch. Zu Seinem Grab. Sie schämten sich. Am liebsten wären sie auch Tod. „Warum waren wir so ratlos als sie Ihn umgebracht haben?" Lautlose Frage und lautloser Schrei. „Jetzt wissen wir nicht wozu wir noch leben. Wozu gehen wir zu seinem Grab?

Wollen wir wissen, dass es
bedeutungslos ist? Warum taten wir
nichts? Wozu leben wir eigentlich
noch?" Es liefen tausende Fragen.
„Vielleicht wollen wir das letzte Mal
trauern und verschwinden. Das letzte
Mal sich entschuldigen." Schon von
Weit merkten sie, dass hier etwas nicht
stimmt. Sie liefen jetzt schneller. Die
Unruhe in seinen Herzen war groß. Als
sie sich näherten wurde das schlimmste
Wahr. Jemand schob den Stein weg und
räumte das Grab aus. Sie gingen rein und
sahen die leere Kammer. Nur sein Anzug
lag an der Seite abgelegt. Der Johannes
sah ein kleines Papier an der Seite. Es
waren nur ein paar Wörter. „Was steht
dort?", der Peter, der nicht lesen konnte
schaute mit Neugierde auf den Johannes.
Der wurde aber fast Ohnmächtig und mit
stotternder Stimme lass er: „Wir treffen
uns in Galiläa, Jesus."

XXX

Sie gingen schweigsam. Eilig,
Hauptsache weg von hier. Sie waren
sauer auf sich selbst und auf die ganze
Welt. Sie glaubten, dass die Welt schön
sein kann. Leider wurde es nicht wahr.
„Und wir…" guckte der eine auf den

Anderen. „Ich und er gleich wie die, die welche Ihn umgebracht haben. Vielleicht noch schlimmer, weil wir Ihn nicht verteidigen konnten. Der Traum war vorbei und jetzt müssen wir zu dem Alltag zurückkehren." Sie gingen weiter und weiter. In seinen Gedanken verschlossen haben sie nicht bemerkt, dass ein Unbekannter mit ihnen geht. Mit hängenden Köpfen gingen sie so einige Zeit. Sie waren nicht gut gelaunt und dazu noch der Fremde. Der stellte so viele Fragen. „Woher bist du?", fragte sie Ihn, aber Er statt ihnen Antworten, fragte warum sie so traurig sind. „Was weißt du nicht? Weißt Du nicht was passiert ist? Der, wer unser Erlöser sein sollte ist Tod. Der hohe Priester und Pilatus habe Ihn umgebracht. Wir waren mit Ihm, haben Ihn aber nicht beschützt, sondern sind weggelaufen. Besser wäre es für uns, dass sie uns auch getötet hätten. Wir leben jetzt wie Hunde", sagte er zu dem Fremden. Sie gingen einige Zeit weiter und sogar der Fremde schwieg jetzt. Als sie am Abend zu einem Dorf kamen hielten sie an. Schließlich mussten sie doch was essen und übernachten. Der Fremde blieb mit

Ihnen, weil es nur ein Gasthaus gab. „Setz Dich mit uns hin", traurig sagte einer von den Jüngern. Er saß zum Tisch, nahm Brot, teilte es und gab es ihnen. Dann fühlte Er Wein in einen Becher und machte das gleiche Zeichen. Die Augen der Jünger gingen auf, sie standen vom Tisch auf, aber der Fremde verschwand einfach. „Es ist unmöglich, wir kehren zurück, es ist doch geschehen. Er hat uns erkannt und wir…" Nichts aber konnte die Freude trüben. „Er lebt, kam zurück, wie ein Engel. Wie hat er das getan?" Fragen, Fragen, Fragen. „Wir sind frei!", riefen sie laut. „Aber was wird jetzt?"

XXX

Jetzt war es schon sicher. Das leere Grab, der Treff und der kurze Brief. Sie gingen mit Eile. Allein der Gedanke, dass sie Ihn wieder treffen beflügelte sie. Es war schon so nah. Von weitem konnten sie ein Boot sehen und sie erkannten Ihn sofort. Warteten nicht bis er ans Ufer kommt. Warfen sich ins Wasser und schwimmten zu Ihn. Nichts konnte sie aufhalten. Die Zeit ist stehen geblieben. Der Erste war schon beim Boot, dann der Nächste und Nächste. Sie

sahen Seine Hand. Ein unsicherer Blick.
Es ist wahr. Und dann eine
Handbewegung und er war im Boot.
„Willkommen Thomas", aus seiner
verletzten Hand schien das Licht.
Vielleicht war es Sonnenschein,
unwichtig! „Willkommen Herr, ich
schäme mich so sehr!" „Es macht nichts
Thomas. Ich habe für dich viel Arbeit,
für euch auch!" Hier drehte Er sich zu
den Anderen um. Er lachte laut und das
Echo hat weit die Nachricht gesendet:
„Es ist geschehen!"

XXX

„Wo ist seine Leiche? Ihr wart besofen
und seit eingeschlafen! Ja?" „Nein Herr,
wir liefen weg als Sein Geist
auferstanden ist und den riesigen Stein
wegwarf. Wir warteten nicht weiter,
sondern sind weggelaufen." „Was soll
ich mit euch tun?", der hohe Priester war
entsetzt. „Nur das hat uns gefehlt. Jetzt
kommen die Märchen, dass Er
zurückgekehrt ist." Als wäre es nicht
genug, da kamen noch gleichzeitig zwei
Bote. Einer von Pilatus. Der wusste
schon vom allem, was geschah und
wollte sich mit ihm sofort treffen. Der
zweite kam von Nazareth. Hatte ein

Brief von dem obersten Priester aus
Nazareth. „Was tut sich so besonderes
wichtiges in Nazareth?", dachte er mit
Wut. „Herr, der Rabbi aus unserem
Tempel will dich benachrichtigen, dass
der Jesus zurück kehrte und im Tempel
da war." „Nein, es kann nicht wahr
sein." Die Gedanken schlugen wie ein
Hammer in seinem Kopf. Er stand
plötzlich auf und mit lautem Schrei der
Verzweiflung rief er: „Neeeeeein!"

XXX

Der Pilatus spürte auch die Wichtigkeit
dieses Treffs. Es hilft nichts mehr, dass
ich weiter den idiotischen Priester
beschuldige. Wir müssen
zusammenhalten. Wenn nicht, dann
können wir unsere Sachen packen!",
konstatierte mit Trauer. „Jetzt Schluss
mit jammern!", unterbrach er des hohen
Priesters Monolog. „Was schlägst du
vor?" „Herr, wir sagen allen, dass seine
Jünger die Leiche geklaut und vorher mit
den Wachen Wein getrunken haben.
Jetzt aber erzählen die Jünger, dass Er
wieder zum Leben erwach." „Vielleicht
hast du Recht, obwohl es unlogisch ist.
Wie kann man was sehen, wenn man
besofen schläft. Aber egal, tu was du

sagst. Ich will hier Ruhe haben. Sollte es zum Aufstand kommen, schicke ich meine Soldaten zuerst gegen euch, weil ihr den Unsinn angefangen habt. Geh schon und bete um Frieden und das ich es nicht tun muss. Der hohe Priester war sehr zufrieden und lief schnell weg. Es kam ein Bote. „Von deinem Offizier, von der Einheit aus Nazareth. „Herr, es ist eilige Post für dich. Mein Brief ist kurz. Es kam zu mir ein Mann mit einem Brief für dich. Bevor ich etwas fragen konnte, ist Er einfach vor meinen Augen verschwunden. Es war seltsam, aber der Brief blieb. Ich konnte ihn auch nicht aufmachen. Er ist mit Blut zugestempelt." „Gib mir!", sagte Pilatus. Eine kleine Rolle Papier. Als würde er es spüren, wer ihn in der Hand hielt, hat sich der Brief alleine aufgemacht. Der Inhalt war kurz: „Ich habe dir vergessen es zu sagen. Für die Hauptstadt, hier auf der Erde habe Ich Rom ausgewählt." König Jesus.
Der Pilatus saß sich auf den Thron. Der Brief hat sich sofort in Asche verwandelt. „Es ist Schluss", dachte er. „Ich kann es nicht weiter verstecken, besser ist es mein Kopf zu retten und

über das Alles den Kaiser zu
informieren." Er schrieb eilig einen Brief
über das ganze Geschehen.

XXX

Alles sah hier wie nach einer Schlacht
aus. Unzählige Leichen, Gestank und
verbannte Reste. Es sah wie ein Ende
aus. Belzebub und Luzifer, die zwei
besten Satans Vertreter mit
Verzweiflung sahen sich alles an. Die
Realität war erschreckend. „Wir haben
verloren. Nur wo ist der Satan? Ist er tot?
Was wird jetzt mit uns?" Alle Fragen
blieben aber ohne Antwort. Außerdem,
dass die Gefangenen verschwunden sind,
passierte nichts weiter. Niemand griff sie
weiter an. „Aber, aber der Satan
arbeitete doch an der Kammer, wo er
den Geist Jesus nach seinem Tod halten
wollte", Luzifer war plötzlich wie
erleuchtet. Sie liefen eilig zur dieser
Stelle. Hier in der höchst bewachten
Abteilung wurden die Seelen den
Gläubigen gefangen gehalten. Dort stand
die größte Erfindung Satans – die
Kammer der Einsamkeit. Sie wartete auf
den besonderen Gast. Hier wollte Satan
mit Hilfe seiner dunklen Macht den
Geist Jesus gefangen halten, ihn foltern

und mit verschiednen Tricks überraschen. Sie kamen zum Ziel und sahen plötzlich den Satan. Alles sah so harmlos aus. Nur die Stille, mit welcher er in der Kammer saß erstaunte sie. Der Satan saß ohne Bewegung und konnte nichts tun. Als er sie sah versuchte er ihnen etwas zu zeigen, aber sofort zeigten sich die schrecklichen weißen Lichtblitze. Sie schneiden sich in seinen Körper rein und paralysierten seine Muskeln. Mit Schreck schauten sie auf das kleine Licht. Es sah aus, wie eine kleine silberne Münze. „Was hat Er ihm getan? Welch für ein Krieger ist der Jesus, dass er den Satan fest nagelte?“, staunte Luzifer. „Wir gehen rein!“, entschied der Belzebub. Der Luzifer wollte ihm schon folgen, als er plötzlich blickte, welch für einen Fehler sie tun könnten. „Nein, Stopp! Wir können ihm nicht helfen und werden noch mit ihm festgehalten. Wir wissen nicht, wie man den Ausgang öffnet. Die Türe machen sich auf, als die eingestellte Zeit vorbei ist.“ Er schaute sich die Zeituhr an. „Oh nein!“, jammerte der Luzifer. Der Satan stellte die Zeit auf Maximum ein. Es waren 2000 Jahre. „Wir können nichts tun Belzebub. Wenn wir rein gehen, dann sind wir auch gefangen. Wir müssen den Notplan einfahren. Du weißt doch, dass der Satan vorbereitete Pläne für besondere Fälle. Jetzt müssen wir es tun. Wir bereiten die Abwehr vor, schalten maximales Kraftfeld ein und machen alles nach dem Plan." „Du hast Recht Luzifer", der Belzebub kam wieder zurück. „Jetzt lesen wir uns die Anleitung durch." Sie machten ein Versteck auf und öffneten den Umschlag. Einige Zeit lassen sie es durch. Dann drehten sie sich um und mit dem Kopfzeichen, zeigten den Satan, dass sie es verstanden haben. Der Satan wollte ihnen ein Zeichen geben und schüttelte mit dem Kopf. Sofort blitzte es aber und ein erbarmungsloser Blitz bohrte sich in seinen Kopf. Sie konnten das Satansleiden nicht zusehen, drehten sich um und gingen weg.

XXX

Es war eine pure Freude. Das Nomadenleben und Leid, dort in Dunkelheit der Festung gingen zu Ende. Jetzt trafen sich auf einmal alle die, die Verteidigten in Menschen, die Wahrheit des Lebens. Mitten im Saal auf einen

Thron saß Er. Auf Seinem Gesicht flossen Tränen. Tränen vom Schmerz und Leid Jesus, Tränen der Freude und Glück. „Alle meine treue Krieger." Die Hoffnung auf das, was Er einmal tun wollte und das, was Er tat. Die Hoffnung wurde realistisch. Jemand fehlte hier noch. Nur noch einige Tage. Nur noch eine Mission und dann kommt Er und bleibt mit Mir. Michael beobachtete den Schöpfer und war auch aufgeregt. Nach so vielen Jahrhunderten, voller Dunkelheit und Verzweiflung. Heute… Heute schien wieder die Sonne – dank Ihm und Jesus. Das was Er tat, war aber nur ein Teil, jetzt gab es noch eine größere Chance auf was Neues. Über den Jesus können wir direkt die Menschen mit reinem Herzen gewinnen. Man muss nicht ewig warten. Jetzt werden die Karten neu gemischt. Sogar der Satan könnte es nicht mehr kalkulieren. Und nicht nur die Zahl der Krieger, aber auch die Fähigkeiten werden über den Sieg entscheiden. Und dann wartet auf uns das Universum. Niemand hält und auf. Es wird kein Tod und Leid mehr geben. Der, wer gegen uns wird, kann uns nichts mehr antun.

Michael drehte sein Kopf, weil der Schöpfer gerade etwas sagen wollte. „Willkommen, Ich bin Der, wer immer mit euch war…"

XXX

Da versammelten sich alle. Nur der Judas war weg. Er war zu schwach. Obwohl er Ihn verraten hat, war Jesus nicht traurig. Der Judas erwartete jemand anderen und das was später geschah war für ihn zu groß. Er konnte nicht einfach abhauen. Verriet Ihn in seiner Schwächezeit. Am schlimmsten an dem Mensch ist, wenn er die Realität zu seinen Träumen umwandeln will. Wenn es nicht passiert, dann geht er weg oder verriet. An der Judas Stelle war jetzt ein anderer Jünger. Er war zwar nicht so schlau, aber sein Herz war rein. „Auf diese Art habe Ich schon wieder zwölf Jünger. 12, 12 000, 12 mal 12 000", der Jesus schaute auf sie und sah die riesige Armee. Nicht mehr Engel, Diener des Schöpfers, sondern unbesiegbare Individuumen. Die in Gedanken und Taten gleich seinen Schöpfer sind. „Ich kam zurück und kann euch sagen, dass der Satan schon jetzt bereut, was Er mir getan hat. Eure

94

Brüder, über die Legenden sprechen,
Propheten, die euch die Wahrheit
erzählten, sind schon im Himmel. Die
„Arche" hat viele Plätze auch für euch,
für einfache Menschen. Lebt gut, tut
nichts böses, liebt andere Menschen…,
sogar die, die euch etwas Böses tun. Ich
sage euch, für euch ist dort Platz bereit.
Jetzt schicke Ich euch in die Welt. Wer
ist der Mächtigste in Rom? Der Kaiser?
Ich schicke euch zu ihm. Sagt ihm, dass
Ich seinen Platz übernehme. Habt keine
Angst. Wir bauen tausende, Millionen
Tempel. Ab heute sind alle Völker der
Welt auserwählt. Ich habe sie mit
meinem Fleisch und Blut auserwählt.
Lebt für euren Schöpfer und dient Mir.
Jetzt geht, ohne Angst, Ich vergebe euch
eure Schwächen, weil Ich auch schwach
war. Auf den Weg, nimmt Brot und
Wein. Es reicht wenn ihr in meinem
Namen teilt, dann werde Ich mit euch
sein. Ihr braucht nichts mehr." Sie
schauten auf Ihn und auf sich
gegenseitig. Immer noch die Gleichen,
aber ein bisschen schon anders. Die
Sonne ging gerade unter und es wurde
dunkel. Plötzlich wurde es aber wieder
hell. Sie schauten auf den Jesus. Sein

Körper brannte wie das Feuer. Ihre Herzen brannten auch. Es war der Anfang. Der Wind wachte auf und sang das Lied von der neuen Welt.

XXX

„Es ist unser letzter Treff. Dort in der Wüste, 40 Tage lang versuchte der Satan mich von dem Schöpfer abzuwenden. Ich aber gab ihm nicht mein Wort und bin treu geblieben. Jetzt 40 Tage lerne Ich euch, dass ihr alles habt, was gebraucht wird. Meine Zeit hier auf der Erde geht zu Ende. Ich gehe zu meinem Reichtum und bereite Plätze für euch. Heute könnt ihr mit mir noch nicht gehen. Nur noch kurze Zeit. Und jetzt…" Er stand auf und ging in den Hof. Sie gingen hinterher. Sie wollten es nicht, dass Er weggeht. Es war doch aber unvermeidlich. „Wir sind schon stark genug", dachte der Petrus. Als würde Jesus seine Gedanken lesen, drehte sich um und sagte zu ihm: „Du bist mein Vertreter, tu weiter, was Ich angefangen habe. Immer wenn du Hilfe brauchen würdest helfe Ich dir. Denk nur an Mich, es reicht!" „Ja, mein Herr und wenn ich es vergesse, dann soll der Hahn mich erinnern." Der Jesus lachte nur. „Geht

jetzt nach Jerusalem, dort bekommt ihr
den Feuergeist. Alle Menschen sollen
sehen, dass ihr Macht von Mir habt. Er
wird auch euch lenken, eure Gedanken
und Taten. Geht schon meine Krieger
des Schöpfers." In Jesus Augen zeigten
sich Tränen. „Ich werde auf euch warten
und euch vermissen. Ich verspreche es
euch", rief Jesus hinterher. Sie gingen
langsam, ganz langsam, ohne Eile weg.
Sie waren noch keine hundert Schritte
weg, als sie plötzlich einen riesigen
Knall hörten. Sie sahen einen hellen
Blitz. Sie drehten sich um und sahen Ihn.
Er ging im Feuer nach oben, direkt in
den Himmel. Und plötzlich ging alles
wieder zu. Nur der Schrei der
erschrockenen Vögel erinnerte an das,
was hier geschah. Sie blieben jetzt allein.

XXX

Sie saßen hier schon ein paar Tage.
Warteten auf den Tag. Schon bald
bekommen wir macht von Ihm und ein
Zeichen der Macht kommt auf uns zu.
„Was wird mit uns denn geschehen?
Werden wir so wie Er, unsterblich?"
Fragen stellte jeder von ihnen, nur
niemand sprach sie laut aus. Sie gingen
wie gewöhnt auf den Platz vor dem

Tempel. Es war die Gebetszeit. So wie sie es taten, taten schon seit Jahrhunderten ihre Vorfahren. Als sie beteten, hörten plötzlich alle einen Knall. Unmöglich, dachten alle, weil es keine Wolken auf dem Himmel gab. Plötzlich blitzte es aber und Feuerzungen trafen einige Männer in der Menge. „Das sind sie, seine Jünger – Jesus Jünger", rief jemand laut. Die Feuerzungen taten auf seltsamer Weise den Männern keinen Schaden. Plötzlich war alles wieder weg. Die Menschenmassen schauten verstaunt auf sie. Niemand wusste, was man jetzt tun soll. „Es war ein Zeichen, Er hat ein Zeichen gegeben." Die Jünger sprachen zu den Menschen und als sie sahen, dass viele vom anderen Land dabei sind, da sprachen sie auch in denen Fremdsprachen. Alle Menschen konnten sie verstehen. Die Botschaft war aber ein und gleich. „Wir verkünden euch die gute Botschaft. Der Schöpfer durch den Jesus Tod, hat uns alle erlöst. Die treuen Verstorbenen hat Er von den Satanshänden befreit. Ihn, dem Bösen hat festgenagelt und gefangen. Lebt gut und auch ihr werdet erlöst. Helfen kann euch immer Er – der Jesus. Er hat das

Brot und Wein Zeichen für euch und mit seinem Segen werden sie zu seinem Blut und Fleisch. Wenn ihr es speisen werdet, dann werden eure Herzen rein. Wir sagen euch…" „Stopp, Schluss, hier darf man nicht Rede halten", die Stimme des Offiziers der Tempelwache war hart. „Ich verbiete euch hier zu lernen!" „Auf wenn sollen wir hören, einen Mensch oder an Gott?", fragte der Petrus. „Wer bist du in Angesicht von Dem, wer mit uns ist? Guck, hier liegt ein Mensch, krank und kann nicht laufen. Er betet um Vergebung und Gnade zu seinen Schöpfer. Ich aber sage, in Jesus Namen: Steh auf und lauf! Dein Glaube hat dich geheilt." Der Offizier und die Wächter warfen sich auf den Boden. Sie trauten sich nicht mehr. Der Petrus drehte sich zu dem Geheilten und freute sich mit ihm. Er unterhielt sich mit ihm und fragte ihn. „Was wolltest du in deinem Leben tun?" Der hängte seinen Kopf runter und antwortete mit Angst. „Ich wollte Tempelwächter sein, Herr, aber jetzt nicht mehr, jetzt will ich Sein Jünger sein. Es ist viel wichtiger." Die Menschen freuten sich wie bei einem Fest. Nur auf den Tempeltreppen standen die Priester und mit Besorgnis schauten auf das Geschehen. „Vielleicht müssen wir uns einen anderen Job suchen", mit Traurigkeit sagte einer. Der Andere wartete wahrscheinlich auf die Wörter. Er zog schnell die Priesterkleidung aus und lief schnell mit lautem Schrei: „Wartet, wartet! Ich will auch mit euch gehen!"

XXX

„Und so läuft es durch die ganze Zeit. Es verbreitete sich, dass was der Jesus anfing. Selbstverständlich haben die Menschen viele Dinge verändert. Es erstand die Kirche, eine Institution, viele Sachen wurden geregelt. Wie und was soll man was tun. So seid ihr, dass alles in einem Rahmen stecken muss. Und die Menschen? So wie, wie sie vor dem Jesus waren, so auch weiter sind sie verschieden. Sind gute und sind böse. Er hilft euch die ganze Zeit. Ihr müsst es aber zusagen. Sich auf sein Wort aufmachen. Sein Zeichen annehmen. Aber oft seid ihr nur einen Moment gut. Es gibt solche Tage, dass ihr seine Nähe spürt. Wollt mit Ihm sein. Ihr wisst auch aber, was es bedeutet. Man ist nicht modern, geht nicht mit der Welt, besitzt nicht zu viel, es ist schwer, nicht wahr? Man darf nicht hassen, soll den Anderen helfen und sie lieben. Und ihr? Wollt mehr als die Anderen haben. Wenn schon nicht töten und Kriege führen, dann wenigstens die Anderen ausnutzen. Am besten viel Geld, aber ohne was selbst zu tun. Die Schätze sammeln, die nichts Wert sind!" Das lachen Michaels war erbarmungslos. „Schau es dir an!" Auf Michaels Hand war auf einmal ein Geldstapel. „Oh, so eine runde Summe, 100 000€ und?" Auf einmal fangen die Scheine an zu brennen, Michael warf die Reste auf den Boden. „Es ist traurig", sagte er. „Jetzt muss man noch den Dreck aufräumen! Eure Schätze sind nichts Wert. Wie kann man hinter so einem Ding das ganze Leben laufen? Ein Haufen Müll! Soll es die ganze Welt sein?" Er schaut auf den Andi. „Nein, wenigstens zurzeit droht es dir nicht. Für dein Leben, für deine Familie musst du schwer arbeiten. Manchmal tut es weh? Egal! Es ist dein Lebenszeichen. Der Reichtum kam nicht zu dir. Freu dich. Jetzt muss ich auf eine Weile Zeit weg gehen. Überleg was du gesehen hast. Schreibe über das Alles. Bald komme ich wieder und entdecke vor dir den Ziel meines Besuchs. Bis bald!" Michael verschwand spurlos und der Andi war wieder allein.

XXX

Der Andi konnte die Gedanken vom Kopf nicht wegwerfen. Das Alles was er erfuhr. Jetzt passte schon alles. Das was er in der Kindheit erlernte und was er alleine wusste. Aus tausend Teilen wurde ein klares Bild. Es war klar, dass den Menschen nicht alles gesagt worden ist und man manche Dinge verdeckte. „Es ist zu gefährlich", sarkastisch dachte der Andi. „Es ist nicht populär über den Krieg und über die Katastrophen zu reden. Warum kämpft die Kirche nicht gegen die Kriege und Ausbeutung? So viel Unrecht, so viel Böses und wir warten ruhig auf Weihnachten. Unterstützen den Einzelhandel, kaufen Geschenke und Süßigkeiten und freuen uns auf diese Tage. Der Pfarrer ist auch Realistisch geworden. Bald wird er auch Werbung machen, sowie beim Aldi machen. Was können wir noch retten? Wie soll man die Welt retten? Die Reise ins Nichts! Der Michael kam mit einer Mission. Das Erste, entdecken wie und

was geschehen ist. Das Zweite, bald
passiert irgendwas. Es ist schon wenig
Zeit. Ich darf jetzt mehr keine Zeit
verschwenden." Bald kommt der
Michael wieder. Er war sich sicher.

XXX

Er hat gerade die Geschichte beendet.
Einen Fakt nach den Anderen. Die
Szenen haben sich als Gesamtbild
gestellt. Von der ersten Heimat Wega,
dann die Schöpfung und schließlich die
Erlösung und Rettung. Er machte das
Fenster auf. Hinter dem Fenster stand
der Tag auf. Die Sonne, die unermüdlich
auf dem Himmel wanderte, war jetzt
noch hinter den Bergen versteckt.
„Seltsam ist der Winter dieses Jahr",
beobachtete er. Es war klar, dass der
Mensch seinen Planet maßlos
ausbeutete. Die biologische Vernichtung
war schon nahe. „Schon bald kann sich
das Klima ändern!", konnte man in den
Medien hören. „Wie soll was passieren,
wenn es schon längst passiert ist?",
Andis Lachen war bitter und traurig.
„Wenn nur jemand was wirklich
Sinnvolles tun wollte, wurde gleich auf
den Seitengleis abgewiesen." Die
Überschreitung von der Abgasnorm war

finanziell bestraft. „Was hilft es, decken wir mit dem Geld den Erdboden auf oder werden wir die Scheine auf den Bäumen kleben?" Andi machte schwarzen Humor. „So ein Unsinn! Strafe für Abgase. Das Geld verschwindet irgendwo. Wichtig ist nur die Industrie, den Rest können wir vergessen. Immer weiter und weiter. Der Gewinn ist der Maßstab." Andi dachte sich ein neues Rätsel aus. „Wann wird der neue Krieg ausbrechen? Wenn die Produktion in China zu teuer wird! Wenn man ein Land erobert, dann müssen die dort als Sklaven arbeiten. Räudige Welt! Nein!", er wollte es nicht so sagen. „Schwere Zeiten am Ende der Welt." Es klingelt doch so gut. Der große technische Fortschritt. Wenn du heute was kaufst, ist es morgen schon veraltet. Schnelle Zeiten, nur der Mensch kann nicht mithalten. Was wird sich noch der Mensch ausdenken? Michael!", rief er. „Ich möchte dich wieder treffen! Antworte bitte!" Aber herum blieb es alles still. Der Andi wusste nicht weiter.

XXX

Alle gingen schon schlafen. Zum Filmende blieb es schon wenig Zeit.

Plötzlich schaltete sich der Fernseher alleine aus. Der Andi schaute gerade einen Film für Erwachsene an. „Ja, hier auch nichts neues, entweder Gewalt, oder Mädchen ziehen sich aus, Warum und wieso – unwichtig, Hauptsache die Nacktheit zeigen. Es gab doch schon keine Hemmungen. Die Fabel, ein bisschen Action, in Wirklichkeit diente es nur als Vorwand für die Körperdarstellung. Das, was noch vor einiger Zeit zu träumen war, der Frauenkörper als erotisches Objekt wurde jetzt wie Schokoladenpralinen. Immer mehr und mehr, Hauptsache alles zeigen. Nach einiger Weile war es einfach langweilig." Als der Fernseher aus ging hatte der Andi nichts verloren. Den Schluss konnte man sich sowieso sparen. Es waren Filme wie vom Band, tausende gleiche Teile. Der Andi drehte sich um und begrüßte den Michael. Schon einige Tage wartete er auf seinen Besuch.

XXX

Der Michael saß Bewegungslos. „Was möchtest du noch wissen?", fragte er. „Ach so: Was weiter, was geschieht jetzt? Du hast doch Ehefrau und Kinder!

Was geschieht mit ihnen und was
erwartet dich? Warum sollte jemand wie
ich zu dir kommen? Scheinbar ein
Unsinn, Irrtum, total Unlogisch! Jemand
ließt, dass was du geschrieben hast, der
Andere nicht, einer wird an das Glauben,
tausende werden seinen Weg weiter
gehen. Wir brauchen dich. Es kam noch
nicht die Zeit der Entscheidung, aber
vielleicht schon bald. Es liefen die 2000
Jahre ab. Du weißt um was es geht. Du
schriebst gerade über das. Wie viel
konnte der Mensch gewinnen, wie viel
Himmel für sich sammeln? Wie viele
Krieger hat der Schöpfer? Die Kriegzeit
ist nahe. Erwacht die Welt! Mit der
rasanten Entwicklung wacht der Mensch
immer mehr das Böse auf. Es geht von
der Menschenschwäche aus und von
eurem Kraftgefühl. Die Menschen
meinen, dass sie nur einen Schritt
entfernt sind. Einen Schritt und es wird
für sie alles möglich. Vor langer Zeit
stand der Satan auf gleicher Stelle. Dann
ging er in den Verrat weg. Nur für die
Macht über alles und alle. Wenn die
Menschen so denken, dann werden sie
schnell zu seinen Spielzeugen. Hier gibt
es kein Vergleich mehr. Es gibt nur zwei

Mächte in dieser Welt – den Schöpfer und den Satan. 2000 Jahre. Es ist viel Zeit, sogar wenn man gefangen ist. Und auch wenn er nicht anwesend ist, läuft doch alles bestens. Weißt du vielleicht auch warum? Eure Schwächen, die Ambitionen. Ihr träumt doch von Reichtum und Macht. Immer zu wenig, obwohl ihr am Ende nichts mitnehmen könnt! Ihr lebt und stirbt für nichts! Ihr seid nur ein Glied in der bösen Kette. Wisst ihr, was er mit euch tut? Ihr könnt euch sein Böses nicht vorstellen! Der Glauben ist für euch nur eine Saga, wozu noch etwas tun. So ist eure Welt! Erwach sie! Egal welche Antwort du kriegst. Mit allen Mittel. Denk nicht, dass du es nicht schaffst. Sollte es so sein, dann werde ich nicht zu dir kommen." Andi saß und schaute wortlos auf den Michael. „Er hatte Recht. Heute in der modernen Medienzeit ist doch alles möglich. Wann?", fragte er. „So wenig?", mit Staunen fragte Michael. „So wenig willst du wissen? Oder doch nicht? Wir schließen einen Pakt. Du tust alles, dass die Leute die Wahrheit erfahren. Wenn du es fertig kriegst, da entdecke ich vor dir, wie es weiter ausgehen wird. Hast du die Apokalypse gelesen? Warum frag ich, ist doch klar! Und was nutzt es? Du kannst sie nicht verdauen. Es ist so wie mit einem Gericht. Es wird gut schmecken, aber du weißt nichts über die Gewürze. Dir fehlt das Wissen. Ich schenke dir alles um was du bitten wirst. Decke vor die das auf, was heute niemand weiß. Und denk nicht, dass es kein Zufall ist. Der, wer mich zu dir schickte, den hast du schon einmal kennengelernt. Viele Jahre vergingen, die Welt ging weiter und du hast deine Chance auf Glück hier auf den Erden bekommen. Aber nichts wurde gestrichen. Nichts tat und tut sich vom Zufall. Schon einmal konntest du es schmecken. In dieser Nacht, in der als Träger konntest du die Welt heben und in dieser Nacht die keinen Tag mehr sah. Alle beiden Male hast du überlebt. Es war nichts, was dir damals helfen konnte. Niemand konnte dort mit dir sein. Heute ist der Tag, wo man den Weg aussuchen muss. Fürchte dich nicht über dein Wissen, frag nicht, nur schreib es einfach auf. Das, was bald geschieht ist unvermeidlich. Ich weiß, dass du Kinder hast, planst die Zukunft, denkst

du über Enkel und ein glückliches Alter.
So denken doch viele Leute. Und egal
was geschieht, es ist nicht gesagt, dass es
verloren geht. Du ahnst doch nicht,
welche Pläne der Schöpfer über dich hat.
Nichts ist ein Zufall. Verliere nicht die
Hoffnung, obwohl schwach und immer
noch so sehr in der Welt bist. Ein
Werkzeug ist für den Nutzer nicht
schlechter oder besser. Nur eins bleibt
die heute. Und die eine Frage muss ich
jetzt dir stellen. So wie damals, so jetzt
kannst du wählen: Ja oder nein. Es ist
deine Entscheidung. Ich kam heute nur
um dich diese Frage zu stellen. Bist du
einverstanden?", Michael Wörter blieben
in der Luft hängen. Der Andi schwieg.
Er schaute geradeaus. Seine Augen
sahen die ganze Welt wie vernebelt. „Es
sind keine Tränen, es können keine
sein", dachte er. Er saß eine Weile Zeit
ohne sich zu bewegen. Der Michael
beobachtete ihn und dachte an seinen
Herrn. „Wie jemand so mächtig und
groß kann so diesen Mensch vertrauen?
Er, der mit einem Wort es einfach
auslöschen könnte! Ungewiss sind seine
Wege und Gedanken, einfach unlösbar."
„Ja ich tu es. Ich erfülle, was zum

Erfüllen ist." Der Andi streckte sich aus, als hätte er eine Last von sich weggeworfen. „Also du tust alles, was wir abgesprochen haben", hörte er. „Schon bald treffen wir uns wieder und dann erzähle ich dir den Rest. Fürchte dich nicht und habe Hoffnung, dass soll ich dir von Ihm sagen." Der Michael verschwand. Der Andi stand vom Sofa auf. Es stand der Tag auf. Er riss ein Blatt vom Kalender ab. Heute ist der 24. Februar 2008. Er machte sich einen Kaffee und trank ihn langsam aus. „Es ist gut, dass ich heute frei von der Arbeit habe. Ich entspanne mich ein bisschen nach der schlafflosen Nacht."

Ende Teil 1

Jetzt in Vorbereitung

„Die Michaels Offenbarung"
Teil 2
„Der Krieg und das Ende"

Es wird die Weltgeschichte von heute bis zum Ende. Jeder von uns sieht und liest unzählige Geschichten von der Apokalypse, Katastrophen, Außerirdischen, u.s.w. Wie wird es weiter? Wann wird unser Ende? Die Apokalypse bedeutet aber nicht nur das Ende. Für viele von uns wird sie zum neuen Leben. Vielleicht durch meine Geschichte erwache ich, dass es viele Menschen auch an das so wie ich Glauben.

G.Andi Privat

1959 in einer Arbeiterfamilie in
Hindenburg/Oberschlesien, (Zabrze)
Polen geboren.
1966-1981 Grundschule, Hauptschule,
Gymnasium, Techn. Berufliches
Studium.
1981-1989 Kohlengrubenwerk in
Hindenburg, erst als Bergmann, dann als
Steiger.
1989 kam ich in der Wendezeit nach
Deutschland.
1990-bis Heute, Arbeiter in der
keramischen Branche, verheiratet, 4
Kinder.

Mein Lebensmotto:
„Die Welt ist wunderschön
Die Menschen bisschen weniger
Die Sterne sind so weit
Aber ich glaube wir schaffen es!"